転生前のチュートリアルで異世界最強になりました。

準備し過ぎて第二の人生はイージーモードです!

5

小川悟

Illustration
しあびす

CONTENTS

I became the strongest in another world
in the tutorial during my lifetime.

登場人物紹介
テンマ
33歳で命を落とし、
異世界に転生することになった
元ゲーマー。
ゲームの知識で
この世界を楽しみ尽くす。
ジジ
人族の少女。
泣き虫で不器用だが、
頑張り屋。
アンナ
テンマの研修を
管理していた元女神。
神格を剥奪され、
テンマの仲間に。

ドロテア
魔法の腕は確かだが、
かなりのトラブルメイカー。
胸が大きい。
ハル
食いしん坊な
ピクシードラゴン。
現代日本の知識を持つが、
感性は古め。
ミーシャ
冒険者に憧れ、
『開拓村』を出た狐耳少女。
研修に対して
かなりストイック。
ピピ
兎獣人の少女。
活発な性格で、
研修にもとても前向き。
シル
テンマの従魔である、
シルバーウルフの子供。
食いしん坊&甘えん坊。

第1章 ドロテア騒動

I became the strongest in another world
in the tutorial during my lifetime.

第1話　開発チート

俺、テンマは森の中で馬車を走らせている。

ついさっき仲間達とともにレンカ村という場所を発《た》って、現在はラソーエ領へと向かっている最中だ。

とはいえ、ここに至るまでには色々と紆余曲折《うよきょくせつ》があったんだよな……。

日本にて三十三歳で命を落とした俺は、十四歳の少年の姿で異世界に転生させられた。

だが、転生先で簡単に死なないように三ヶ月の研修を受けなくてはならないという決まりがあるらしい。

それならばと研修を受け始めたのだが……それが終わったのはなんと十五年後。

しかし、その十五年が無駄だったかといえば、そうではない。

前世のゲーム知識《ちしき》を活かして工夫をし続けていたおかげで、俺のステータスが完全にチートじみた数値になったのだから。

そんな研修を終え、俺が放り出されたのは、テラスという名前の世界にある辺鄙《へんぴ》な村・開拓村の付近。

俺は開拓村に身を寄せ、一ヶ月半くらいのんびりした生活を送っていたのだが、村に住む狐獣《きつねじゅう》人《じん》の美少女・ミーシャに流され、なぜか冒険者になることに。

とはいえ色々な地を巡《めぐ》っていたわけではなく、しばらくは辺境の町・ロンダを拠点《きょてん》に活動していた。

そこに腰《こし》を落ち着けてしまった大きな理由の一つは、仲間が増えたことだろう。

人間族と兎獣人《うさぎじゅうじん》のハーフであるジジとピピ姉妹《しまい》。国の中でも指折りの魔術師で、ロンダの魔術ギルドのギルドマスターを務めていた上に英雄とまで呼ばれるドロテアさん。そしてその姪孫《てっそん》であるロンダの領主であるアルベルトさんの娘のアーリン。

一癖《くせ》も二癖もある彼女達と知り合い、頼まれごとをこなしたり一緒に遊んだりしているうちに、なんだか町を出にくくなっちゃったんだよな。

まぁ町に居着いたとは言ったって、複製《ふくせい》出来る空間魔術——ディメンションエリアを用いて生成した、どこでも研修施設——D研《どこ》内に建てたどこでも自宅内で過ごすことが多かった気はする。

その中にはプールも豪華《ごうか》な部屋もあるし、かなり便利。

だが、そのせいでこの間、アーリンがどこでも自宅に彼女と縁《ゆかり》のある女性達を勝手に泊め続けるという事態が発生した。

どこでも自宅に滞在《たいざい》していたのは、アーリンの母親であるソフィア夫人、冒険者ギルドのマスターであるザンベルトさんの奥さんであるセリアさん、騎士団長のバロールさんの奥さんであるナールさん。見事に権力者ばかりだ。

とはいえ俺はそれをさほど重く受け止めていなかったのだが、周りは俺が激怒《げきど》していると勘違《かんちが》いして……結果、かなりの大事《おおごと》になった。

その結果、何らかの罰《ばつ》を与えないと収拾《しゅうしゅう》がつかなくなってしまったんだけど……折角《せっかく》相手が権力者だしってことで、俺は騎士団《きしだん》の拡充《かくじゅう》や商業の強化といった、町を発展させるための施策を共有した上で、それに伴う煩雑《はんざつ》な作業を任せた。

それからしばらくしてロンダの町はだいぶ発展したし、そろそろ色々な場所を巡りたいしってことで俺はロンダの町をあとにして、王都を目指すことにしたのだ。

「それにしても、折角ロンダを出たのに、なかなかのんびりと旅を楽しむってわけにはいかないなぁ。ただでさえロンダから王都へ向かう新たな道を作りながらだから大変なのに、トラブル続きで気が休まらない」

俺は思わずそう零《こぼ》す。

現状、王都へ向かうためにはロンダの北に隣接《りんせつ》するコーバル領を経由しなければならない。

だが、ロンダ側から門を通る際には高い通行料を支払う必要がある。

加えて、コーバルを経由するルートは直線的ではないので、余分に時間もかかってしまう。

それらの問題を解決するべく、ロンダと王都を直線で結んだ際のちょうど中間辺りに位置するラソーエ領へ向かう道を作りながら、王都を目指しているのだ。

ちなみに二つの領地の間にはガロン川という幅《はば》の大きな川も流れているので、後々そこに橋を架《か》ける必要もある。

そんなわけで道を作りながらの旅になっているのだが、さすがに道を作っていることはそこまで大っぴらにしていない。

異世界に来てからしばらくは自分のステータスの高さがバレないよう、自重《じちょう》しながら過ごしていたのだが、最近それをやめ、この世界を発展させようと決意した。

しかしそれでも敢《あ》えて目立とうとは思っていない。出来るだけ面倒ごとに巻き込まれないようにしたいという基本スタンスは変わっていない……はずだ。

だから作業は周囲の町や村の人々が寝静まったあとに、翌日進む分の道を作る、という感じ。

更には俺が異世界で得た知識を『知識の部屋』という場所に登録した際に使った偽名《ぎめい》――テックスがその作業を行っていることにした。

今回の旅に連れてきた仲間は、ミーシャ、ジジピピ姉妹、ドロテアさん、彼女の元冒険者仲間のバルドーさん、シルバーウルフの従魔であるシル、ピクシードラゴンのハルだ。

あ、アンナさんも一緒ではある。

彼女は俺をこの異世界に送り込んだ元案内嬢《あんないじょう》。俺の研修が十五年間も続いたのは、実は彼女のミスが原因だ。で、それが問題になって天界を追われ、結局責任を取る意味で俺の眷属《けんぞく》になった。

この世界の神であるテラス様に頼まれてそうしたけど、ずっと警戒され続けているから、仲間と呼べるかは微妙《びみょう》なところだが。

ちなみにアーリンは俺が作った道を辿《たど》るような形でアルベルトさんと一緒に後から王都へ向かうので、今はいない。

ドロテアさんが今回の旅に同行するのを許した理由の一つが、彼女がそのテックスではないかという噂《うわさ》が立っていること。上手いこと隠《かく》れ蓑《みの》にさせてもらっているわけだな。

そんなわけで矢面《やおもて》に立たなくてもいいのは助かるが、昼間も普通に活動している中で夜も休まらないので、結構疲れる。

それに加えて、休憩所《きゅうけいじょ》ではハルを珍しがった商人達と揉《も》めてしまうし、俺らがきっかけでコーバル領と戦争になりそうにもなった。

最終的に横柄《おうへい》に振る舞《ま》っていたコーバルの奴らが態度を改めてくれることになったので、ロンダにとっても良い結果になっただろうから結果オーライではあったんだけど。

そんな感じでこれまでの道中はトラブル続きではあったが、作業に関してはこれからの方が楽になるだろう。

ロンダ領とラソーエ領の中間に位置する村、レンカ村に辿り着くまでは、元あった道を整備するような形だった。だが、それ以降は未開の地。山を切り開きつつ道を作ることになる。

そう聞くと、より過酷《かこく》そうに思えるだろうが、周囲の目を気にせずチート能力を振るえるので、むしろ俺としてはやりやすい。

誰かに見られる心配がないから、昼間にも作業を進められるし。

ちなみに今日は、商人がラソーエ領を目指す際に立ち寄る中継地を作る予定の場所まで進むのを目標にしている。

おっと、そんなことを考えている間に、道の果てに到着したようだ。

生《お》い茂《しげ》る木々の手前で馬車を停《と》め、ジジに御者《ぎょしゃ》を代わってもらい、ミーシャ、シル、ハルには木々の中に潜《ひそ》む魔物を狩《か》ってくるように言う。

ミーシャは剣を抜くと笑顔で走りだし、シルはそれに続くように小躍《こおど》りで茂みの中に入っていく。

ハルは嫌《いや》そうな顔を俺に向けてブツブツと文句を言っているみたいだが、断ればデザートや食事が減らされると分かっているのだろう、結局素直に茂みの中へと飛んでいった。

俺は地図スキルで近くにいた魔物の反応が次々と消えていくのを確認しつつ、作業を始める。

まず土魔法で道を作る予定の場所一帯の木を根っこから引き抜いてはアイテムボックスに収納し、抉《えぐ》れた地面を土魔法で固めていく。

それから、なるべく平坦《へいたん》な道にした方が移動しやすいため上り坂は削《けず》り、下り坂は埋《う》める。

そして魔物除《よ》けの魔導具を地面に埋めてから、舗装《ほそう》した。

また、三キロごとにトイレと、馬車を何台か停められるスペースを設け、十五キロ進んだところには大きな広場も作った。水飲み場もあるし、食事するためのテーブルや椅子《いす》なんかもある。

そこまで作業すると、ちょうど昼時になっていた。

作ったばかりの広場で昼飯を食べ、また作業を再開する。

ここからはバルドーさんにも魔物の間引きに参加してもらう。

バルドーさんは暗殺を得意としていて、仕事の処理能力もかなり高くとても優秀だ。

ロンダを発展させる際にも助けられたが……いかんせん、キケンな趣味《しゅみ》の持ち主でもある。

ただ、戦闘の腕は確かなのでミーシャやピピの指導をお願いしているんだよな。

そんなバルドーさんも加わったことでより魔物を倒す速度は上がったのだが、森の奥《おく》に進むにつれて魔物の数も増え、強くなっていく。

ただ倒すだけなら問題ないけど、俺が道を作るペースに追いついていないな……。

というわけで、ピピも参加させることにした。

俺が開発した『テンマ式研修』という育成法は、レベルが低い状態で鍛《きた》えまくった方が効果が出やすいため、ピピには魔物を倒させないようにしていたのだが……やむなしだろう。

とはいえせめて交戦させる機会を減らそうってことで、ピピはバルドーさんの指導の下、索敵を中心に働いてもらった。


予定より早く目標としていた場所の付近まで来た。

俺は他のメンバーをD研《どこ》から呼んでくる。

D研《どこ》の扉《とびら》は同時に二個以上は出しておけないが、一つであれば任意の場所に設置しておけるので、今は馬車の中に設置してあるのだ。

「テンマ、あれはなんじゃ？」

D研《どこ》から出てきたドロテアさんが、そう質問してくる。

彼女が指差す先には、高さ四メートルほどの石造りの外壁《がいへき》があった。

「え〜と、新しく造った村の外壁だけど？　まだ村の中身は作れていないけど、ゆくゆくはここをラソーエへ向かう際の中継地点にしようと思ってね」

「そうではない！　なんで道もない森の中に、あんな物があるのじゃ！」

「テンマ様が事前に外壁だけを造っておいたのですよ。明日から建物の製作に入る予定です。ただ予想以上に敷地《しきち》が広いですね……」

バルドーさんが俺の代わりにそう答えてくれた。だが、最後の方は少し心配そうな口調。

ロンダの開発が予定より早く進んだので、バルドーさんと相談して『王都への旅が楽になるように中継地にする予定の村の外壁くらいはあらかじめ造っておこう』という話になった。

フライでここまで飛んできて、ざっくり魔物を狩り、外壁を建てたんだけど……確かにバルドーさんと相談していたより敷地は広くしてしまったな。

まぁ別に使われていない土地だったし、いいでしょ。

「それに、あれはなんじゃ？」

次にドロテアさんが指差したのは、外壁の更に奥。

この村（仮）の向こう側には山や丘《おか》が連《つら》なっており、その中を突《つ》っ切《き》る形でトンネルを作った。

「あれは、私も聞いていませんねぇ」

バルドーさんもトンネルを眺《なが》めながら、不思議《ふしぎ》そうに呟《つぶや》いた。

「あれは、土魔法で穴《あな》を開けて作ったトンネルですよ。とはいえ邪魔《じゃま》になりそうな箇所だけトンネルを掘《ほ》って通れるようにしただけです。このトンネルだって三十メートルほどですし」

計画ではあの岩山を迂回《うかい》するように道を作るという話だった。

でも、それだと直進するのに比べ、三倍ほどの距離になってしまう。

それだけの長さの道を作るより、トンネルを掘った方が簡単だという判断だ。

その方が後々この道を通る人だって楽だろうし。

「テンマ様は非常識の塊《かたまり》ですなぁ」

「本当にそうじゃ！」

バルドーさんとドロテアさんから返ってきたのは、呆《あき》れたような言葉だった。

ドロテアさんはともかく、バルドーさんには褒《ほ》められると思っていただけに、ちょっともやもやする。

『平地を通って遠回りするとコーバルの領地の近くを通らなければなりません。あの辺りは領地の境があやふやだから揉めてしまわないか心配なんですよねぇ』って以前、バルドーさんが言っていた。

その問題だって、山の中を通れば解決するというのに！

これはちょっと一言言っておきたい！

そう思い、口を開きかけたところで――

『ねえねえ、お腹が空《す》いたんだけど！』

『ぼくもぉ！』

食いしん坊《ぼう》のハルとシルが、空腹を訴《うった》えてくる。

ちなみにハルは元々念話で話せたが、シルは俺が作った魔導具の機能で念話が使えるようになったんだよな。

やむなく外壁の中に馬車を停め、どこでも自宅に入って食事をすることにした。

第2話　アンナさんと

食事を食べ終わり、お茶を飲みながら明日の予定についてみんなに共有する。

「明日は、この村を人が住める状態にするため、色々と動いていければと考えているんだ。まずドロテアさんは、村作りを手伝《てつだ》ってほしい。あと、他のメンバーは周辺の魔物を狩ってくれるかな。安全を確保するために、近くの魔物を極力減らしておきたい。頼んだよ」

ハルは面倒臭そうにしているが、それ以外特に反対らしきリアクションはない。

少しして、ドロテアさんがニヤッとしながら口を開く。

「私はテンマと二人っきりで共同作業じゃな」

その言い方はどうなんだ？　なんて思いながらジト目を向けていると、ジジが聞いてくる。

「わ、私も狩りをするんですか？」

「ああ、ごめん、ジジとアンナさんはD研《どこ》でいつものように過ごしていてくれ。ピピはどうする？」

「私はミーシャお姉ちゃんと師匠《ししょう》と一緒に行く！」

え〜と、いつからバルドーさんを『師匠』と呼ぶようになったのかな？

そんな疑問が浮かぶが、別に今聞くべきことでもない。俺は「そっか、気を付けてね」とピピに言ってから、改めてみんなの顔を見回す。

「まあ、今日はゆっくり休んでくれ。ああ、それとアンナさんは少し話があるから一緒に来てくれないかな？」

アンナさんとは一度きちんと話をしないといけないと思っていた。

警戒され、睨《にら》まれ続けるのは、正直辛《つら》い！

っていうかそもそも、そうされる理由に心当たりがないし。

「テンマ、夜伽《よとぎ》なら私が先じゃぞ！」

相も変わらずのドロテア節《ぶし》である。

はあ、なんで夜伽の話になるのやら……あれ、なんかみんな俺を見ている？

もしかして俺がアンナさんにそんなことをすると思っているのだろうか。

少々げんなりしながら、俺は言う。

「アンナさんとは、ただ話をするだけですよ」

「なら、ここで話せばよいではないか？」

ドロテアさんはそう言うが、テラス様の話なんか、ここで出来るかぁー！

それになんでアンナさんが睨んでくるんだ‼　誰のために気を遣《つか》っていると――

バンッ！

俺は手の平をテーブルに打ち付けた。

「なんでお前がそんな顔で、俺を睨むんだ！」

俺はアンナさんを睨みつけながら、怒りをぶつける。

彼女は悔《くや》しそうに下唇《したくちびる》を噛《か》みしめながら、頭を下げてきた。

「申し訳ありません」

「私が余計なことを言ったのじゃ。すまん」

ドロテアさんがしおらしく謝ってきたが、今彼女は悪くない。

「これはアンナさんと俺の話です。口出しはやめてください！」

珍《めずら》しくドロテアさんが焦《あせ》っている。

しかし俺の怒りの原因であるアンナさんは、まだ俺を睨んできやがる。

「ふぅ～、分かったよ」

俺が冷静になったと思ったのか、みんなホッとした表情になった。

「頼まれごとだからってアンナさんを連れてきたけど、我慢《がまん》の限界だ！　ここで別れよう。それで良いな？」

すると、アンナさんはようやく焦ったように謝ってくる。

「そ、それは困《こま》ります！　どうか、どうかお許しください！」

「テンマ、私が悪かったのじゃ。アンナを――」

「俺は何と言いました？」

ドロテアさんの話を遮《さえぎ》るようにして、俺は尋《たず》ねた。

さっきこの話には首を突っ込むなと釘《くぎ》を刺《さ》したばかりなのに、なんで分からないんだ。

しかし、尚もドロテアさんが何か言おうとするので、俺は語気を強くして言う。

「これ以上口を出すなら、ドロテアさんともお別れです」

冗談ではないと分かったのか、ドロテアさんは唾《つば》を呑《の》み、黙《だま》り込んだ。

俺はそれを確認してから、アンナさんに向き直る。

「別に俺を好きになれとは言いませんが、理由も分からず睨まれるのは納得出来ないし、これからもずっと一緒に行動するのは辛いです。せめて理由を聞いて解決出来ればと思ったんですが、そんな俺を、あなたは睨んでくるんですね？」

「そ、それは――」

「話し合いすら成立しない相手と一緒に行動出来ない。これが俺の結論です！」

「ま、待って――」

「ああ、言い忘れてました。さすがになんのケアもなく放り出さないので、安心してください。ロンダの町で生活出来るようにアルベルトさんに頼むつもりです。ロンダへも送っていきますし」

「お願いします。あの方にお叱《しか》りを受けてしまいます。どうか、どうか！」

アンナさんはそう言いながら、土下座《どげざ》する。

しかし、『分かればいいんです。それじゃあ一緒に旅をしましょう』とはならない。

「あのお方が誰を指すのかは分かりませんが、その人は俺に嫌がらせをしろと言ったんですか？」

「いえ、そのようなことは……」

アンナさんは消え入るような声でそう答えた。

俺は怒鳴《どな》る。

「だったらなんで俺を睨むんだよ！」

すると、意外なところから声が上がる。

「テ、テンマ様！　私はその理由について、聞いています」

えっ、ジジが理由を知っているの!?

俺が驚《おどろ》いて振り返ると、ジジは続ける。

「契約《けいやく》魔法か隷属《れいぞく》魔法みたいなものの影響で、アンナさんはテンマ様に逆らえないんだそうです。それで……無理やりエッチなことをされるのではと、怖《こわ》がっているようでした」

はあ～、何それ。俺がそんなことをすると思っていたのかよ！

「俺は無理やり女性にそんなことをするような人間じゃない！」

「はい、私もそう説明したのですが……」

申し訳なさそうに言うジジに続いて、アンナさんは不貞腐《ふてくさ》れたような態度で口を開く。

「だって……だって、最初は私の同行を断ったのに、性奴隷にして構わないと言われてすぐに受け入れたから……」

確かに性奴隷の話が出て、アンナさんをじっくり足元から頭の先までじっくりと見て……そのあとに受け入れたのは確かだ。

でも性奴隷にしようと思って受け入れたわけじゃなくて、偶然《ぐうぜん》で……。

「い、いや、それは勘違いだよ！　断ったらまずいと言われたから……」

あ、あれ？　みんなの視線が冷たい気がするぅ。

アンナさんは涙目《なみだめ》で叫ぶ。

「好きに命令して良いと言われて、態度がまるっきり変わったじゃない！」

俺が悪かったのぉーーー！

みんなの視線が冷たい。言い訳を、言い訳を……。

「ごめんなさい」

謝るしかなかった。でもせめて俺の言い分も聞いてほしい。

「でも、でも、男なら綺麗《きれい》な女性がいたら無意識に見ちゃうし、無理やりエッチなことをしようとは思ってないし、そんな勇気なんかないし……でも、ごめんなさい」

先ほどまで抱《いだ》いていた怒りは霧散《むさん》した。

どころか、悲しい男の性《さが》と無理やり向き合わされ、落ち込んでしまう。

「テンマよ、だから私がその思いの丈《たけ》を受け止めてやるのじゃ」

今はそんなドロテアさんのおふざけ発言が刺さってしまう。

くっ、殺してくれぇーーーーー！

内心泣きそうになっていると、アンナさんが言う。

「いえ、中途半端な気持ちでテンマ様に償《つぐな》おうと思っていた私が悪いのです。でも……決心がつくまで、もう少し、もう少しだけお待ちください！」

いやいやいや、そんな決心しなくて良いからぁ。

ほら、ジジが目に涙を溜《た》めちゃってるじゃん。

「アンナ、安心するが良い！　私が一手に引き受けるのじゃ！」

「そんなのはダメです！　そ、そ、それなら、わ、わ、私が……」

ドロテアさんに続いてジジも気を遣って名乗り出ようとしてくれているみたいだが、頭から湯気《ゆげ》が出そうなくらい顔が真っ赤になっている。

「なんでしたら、私も一肌《ひとはだ》脱ぎましょうか？」

バルドーさーーーーん！　そ・れ・は・マジで要《い》りませんからぁ！

収拾が付かなくなってしまったので、「とりあえず解散！」とだけ告《つ》げて、シルと一緒に逃げるように自室に向かう俺だった。

◇　◇　◇　◇

翌朝。俺らはどこでも自宅のダイニングで、全員揃《そろ》って朝食を摂《と》っている。

昨晩は遅くまでシルモフしたことでモフモフ成分をたっぷり充電出来た。だから睡眠時間こそ短かったけど、肉体的にも精神的にもスッキリしている。

シルは少し疲れているようにも見えるが……。

ちなみに、アンナさんもスッキリとした表情をしている。変に俺を警戒する素振《そぶ》りもない。

それどころか、生気《せいき》に満《み》ちた目をしている気がする。

だが、本当の意味で彼女の憂《うれ》いを取り払うために、もう一つやらねばならないことがある。

朝食が終わると、俺は台所でジジと一緒に食器を洗っているアンナさんに話しかける。

「アンナさん、こちらに来てもらえますか？」

「はい」

俺はアンナさんの目を見ながら命令する。

「あなたは俺からのエッチな要求に対して、自分の意思で抵抗、拒絶しなさい。また、この命令を俺が撤回、変更しようとした場合、それも自分の意思で断りなさい。これは命令です」

アンナさんが突然のことに驚いているようだったから、説明する。

「アンナさんの意思が尊重《そんちょう》されるように命令したつもりだけど、これで大丈夫かな？」

「は、はいっ、問題ありません！　で、でも、よろしいのしょうか？」

うん、嬉《うれ》しそうだね……。でも当然だよな。

自分の意思とは関係なく、エッチなことをされるのは誰だって嫌だろうし。

「もちろんだよ。最初からエッチな要求をするつもりなんてなかったけど、こうした方が安心出来るでしょ？」

「あ、ありがとうございます!!」

感謝してくれるのは嬉しいけど、涙を浮かべるほど嫌だったのかぁ。

そう少し落ち込んでいると、ドロテアさんがひょっこり顔を出す。

「しかし、自分の意思で拒絶しなければエッチなことを出来るんじゃのぉ」

くっ、変なところで勘が鋭《するど》い！　微妙なスケベ心を見透《みす》かされてしまった！

「そ、そんな、そんなつもりではなく……自由意思を尊重した結果……」

言い訳がましくなってしまったぁ！

「はい！　ご期待に応えられるように、頑張《がんば》ります！」

アンナさん、そうじゃねぇーーー！

ジジ、そこで涙ぐまないでくれぇ〜。

それにしてもそもそもアンナさんは……何歳なんだ？

見た目は二十代後半くらいに見えるけど、元女神だと考えると、人とは違う速度で老《ふ》けていきそうだ。

「ちなみにアンナさんの年齢っていくつなの？」

そんなふうに口に出してから、女性に年齢を聞くのはまずかったか？　なんて気付く。

しかし、アンナさんは気分を害《がい》した様子もなく答えてくれる。

「八千三百二十九歳です」

ま、待て！　これ自分で聞いておいてなんだが、アンナさんの身の上がバレてしまうんじゃ……。

「ふふふっ、アンナでも冗談を言うのじゃなぁ」

ドロテアさんが冗談だと捉《とら》えてくれたようでよかった。

そう思っていると、アンナさんもやらかしに気付いたようで取り繕《つくろ》うように言う。

「いえ、本当に、あっ、いえ……十九歳？」

さすがにサバを読み過ぎだぁ！　そしてなんで疑問形⁉

俺は視線を天井《てんじょう》に遣《や》りながら呟く。

「確か二十四歳ぐらいって言ってなかったっけ～？　自分の年齢を忘れるなんて、お茶目だなぁ」

「えっ、あっ、二十四歳です！」

ドロテアさんがジト目で俺を見ている気がするが、気にしない気にしない！

俺は誤魔化《ごまか》すように咳払《せきばら》いして、宣言する。

「それでは予定通り、それぞれの作業を始めよう！」

第3話　中継地を作ろう！

バルドーさんやミーシャ達が周辺の魔物を狩りに出かけるのを見送ったので、俺らも作業を始めるとするか。

「テンマ、二人の共同作業は何から始めるのじゃ？」

ウキウキした様子でドロテアさんが聞いてくるが、『二人の共同作業』という言葉は無視して、淡々《たんたん》と説明する。

「ここは宿場町となる予定です。将来的には周りを開拓して発展させていく可能性もありますが、今からそんな先のことを考えても仕方ありません。ひとまずドロテアさんは道路を平らに均《なら》して固めてください。俺は建物を作ります」

「ま、待つのじゃ！　土魔術は苦手なのじゃ。もっと違う――」

「ドロテアさんって、細かい魔法は苦手ですよね。森の中で魔物を狩ってもらうにしても、この前みたいに魔力を込め過ぎてドッカーンと森を破壊されたら困ります」

前に一度だけ一緒に狩りに行ったことがあるのだが、ドロテアさんは森の一部を火魔術で灰にしてしまった。

それ以降彼女に狩りをさせることはなくなったのだが、これを機に繊細な魔力操作を覚えてほしい。そういう意図があって、今回一緒に作業することにしたのだ。

「そ、そんなことはないのじゃ！」

露骨《ろこつ》に目が泳《およ》いでいるな。

「ドロテアさんは魔力量に比べて、魔力操作のレベルが低いと思うんですよねぇ」

「そ、それは……」

やっぱり、ドロテアさんは押しに弱いな！

俺は更に言う。

「苦手な土魔術を丁寧《ていねい》に使う中で、魔力操作のレベルが上がると思うんですよねぇ。ドロテアさんなら出来ると信じていたんですけど、残念だなぁ～」

「信じてる………任せるのじゃ！」

そう言うと、ドロテアさんは走っていって、作業を始める。

ドロテアさんはチョロいなぁ。

普段『夜伽をするのじゃ！』なんて迫ってくるドロテアさんだが、強気で押し倒したら、涙目で『許してほしいのじゃ、「冗談のつもりだったのじゃ！』なんて言ってきそうだよなぁ。

そう思うと、ニヤニヤが止まらない。

「テンマも仕事をするのじゃー！」

ドロテアさんに怒られてしまったので、俺も作業を始めることにした。

◇　◇　◇　◇

少し日が翳《かげ》り始めた頃、俺は予定通り村の建物を完成させた。

地盤《じばん》を固めて、用意した石のブロックを組み、最後に土魔術で固定する。

もう、何度同じ作業をしてきたのか分からない。

部屋を区切るのはアルベルトさん達に任せれば良いので、俺が作るのは家の大枠だけ。故に、それほど大変でもない。

続いて、道を作るときに抜いた木を魔法で乾燥《かんそう》させ、製材する。

この作業も何度もしてきたので、あっという間だ。

さて、作業が一段落したのでドロテアさんに頼んだ道の具合を確認しながら、彼女の元へ向かおう。

最初の方に作業したであろう地面は少し凸凹《でこぼこ》しているが、途中から随分《ずいぶん》とマシになっている。

土魔術か魔力操作のレベルが上がったのかもしれないな。

そうしてしばらく歩いた先で、ドロテアさんを見つけた。

その周辺は、更に上手く舗装されているな。

スキルごとに素質というものがある。SSSが最大プラス補正。SS、S、A、Bがあれば、相応のプラス補正がかかり、Cが補正なし。D、E、F、G、Hはマイナス補正で、Hが最大マイナス補正となる。補正が強いほどそのスキルは得やすい。

また、種族素質というものもある。種族素質は高ければ高いほど各能力値の初期値やスキル素質が高くなるのだ。

ドロテアさんは魔術スキルの適性が軒並《のきな》み高いし、種族素質も高い。

そのため上達がかなり速かったのだろう。

でもドロテアさんが強くなったら、襲《おそ》われたときに貞操《ていそう》を守り切れるのだろうか……身震いしてしまう。

そんなことをしている間に、俺に気付いたドロテアさんが嬉しそうに走ってくる。

「テンマァーーー！」

胸はバルンバルン。だけど、無邪気《むじゃき》な子供のような笑みを浮かべた顔には泥《どろ》の跡《あと》が。

か、可愛《かわい》いじゃねえかぁーーー！

くっ、これがあるから……ドロテアさんを突き放せないんだよぉーーー！

「テンマの言う通り、土魔術や魔力操作のレベルが上がったのじゃ！」

「よ、よかったですね……」

魔術の上達を喜ぶドロテアさんの表情は、大人《おとな》な体つきに反してあどけなく、大変可愛らしい。

ヤバい！　それでもドロテアさんは六十歳、六十歳、六十歳！

「お兄ちゃーーーん！」

落ち着くために心の中で呪文《じゅもん》を唱《とな》えていたら、ピピが背中に飛びついてきた。

「や、やあ、ピピ、お帰り」

「ただいまー！」

た、助かったぁぁぁ！

純真《じゅんしん》なピピの声を聞いて、どうにか心は平静を取り戻した。

胸を撫で下ろしながら、ピピを体の前に移動させる。

血だらけの幼女ぉーーーーー！

あまりにもスプラッタなピピの姿を見て、思わず叫《さけ》びそうになる。

「ピピ、今日もがんばったのー」

可愛らしいピピの笑顔も、血だらけだとホラーだ……。

絶句していると、バルドーさんの声がする。

「ピピ、先に血を落とさないと、テンマ様が驚いてしまうよ」

「ごめんなさい、師匠！」

バルドーさんはピピに何を教えているのだろう……不安だ。

すると、更に遅れてやってきたミーシャもニコニコしながら言う。

「むふぅ、二日で種族レベルが2上がった！」

ドヤ顔で言うミーシャを鑑定《かんてい》すると、確かに種族レベルが10から12になっている。

それに伴いステータスも全体的に上がっていて、特に素早さは二割以上も増加していた。

「ミーシャさんは現時点で冒険者レベルで言うとBランク程度の実力があります。レベル20までいけば、余裕でAランク冒険者になれるのではないでしょうか」

「むふぅ！」

バルドーさんの説明を受けて、ミーシャは更に鼻息を荒くする。

お前はどこに向かってるんだ？　いや、そうなるように俺が研修を始めたんだけどさ……。

出会った当時のただの村娘だった彼女を思い出し、なんだか複雑な気持ちになってしまうのだった。

第4話　膝枕《ひざまくら》

翌日、ドロテアさんは引き続き道路の整備に対してやる気を燃《も》やしている。

魔術が上達すると分かり、前向きになってくれたようだ。

ミーシャ達も引き続きバルドーさんの指導の元、魔物を狩り続けている。

まあ、バルドーさんは魔物を狩らせることより、ピピとミーシャを鍛えるのが目的な気がするが。

そんな中俺は、どこでも自宅のリビングでソファに寝っ転がり、だらだらと過ごしていた。

すると、段々瞼《まぶた》が重くなってくる。

このまま寝てしまおうかと思っていると、ジジがお茶を運んで来た。

「テンマ様は少し頑張り過ぎです。もっと休んだ方が良いですよ」

いつも癒《いや》してくれるシルはミーシャとともに魔物の間引きに行ってしまったけど、ジジがいた。

うーん、なんだか眠《ねむ》たいし、ちょうどいいやぁ。

「ジジ、膝枕をしてほしいなぁ」

「えっ！」

目を見開いて固まるジジ。微睡《まどろ》んでいた俺の頭が瞬間、少し覚醒《かくせい》する。

うわぁ、寝ぼけていたのもあって、甘え過ぎてしまった⁉

そんなふうに焦っていると――

「よ、よろしくお願いしましゅ」

ジジは、恥ずかしそうにしながらも受け入れてくれた。

恥じらうあまり噛んでしまっているのが、なんとも可愛らしい。

俺は早速、横に腰を下ろしてくれたジジの太腿《ふともも》に頭を乗せる。

ジジは緊張《きんちょう》して強張《こわば》っているようで、足が少し硬《かた》い。だけど……。

「はぁ～、癒されるなぁ～」

自然と呟いてしまった。すると緊張がほぐれたのか、優しい声でジジは言う。

「さっきも言いましたが、テンマ様は頑張り過ぎです。たまにはゆっくりと体を休めて下さい」

ジジはそれから、俺の頭を優しく撫で始める。

その感触があまりに心地良くて、段々と意識が遠のいて……。

◇　◇　◇　◇

何やら周りが騒がしい。

「ジジ、疲れておるじゃろう。私が代わってやるのじゃ」

あぁ、これはドロテア様もお疲れですので、私が交代します」

「いえ、ドロテア様もお疲れですので、私が交代します」

これはアンナさんかな？

「ピピもするの！」

ふふふっ、ピピは相変わらず元気だなぁ。

「私が代わりましょうか？」

んっ、バルドーさんまで？　みんななんの話をしているのかな？

そして、段々頭が冴《さ》えていき、今の自分の状況を思い出す。

膝枕ぁーーーーー！

慌《あわ》てて起き上がり、周囲を見回すと、全員が俺に注目しているのが分かる。

ドロテアさんが言う。

「なんじゃ、テンマが起きてしまったではないか」

「皆さんが騒ぐからです！」

ジジは少し怒っているようだ。

内心恥ずかしかったが、俺はそれを隠しつつ、ジジにお礼を言う。

「ジジ、ありがとう。驚くほど疲れが取れたよ」

「いえ、テンマ様のお役に立てたのなら、私も嬉しいです」

うん、ほんまにええ娘《こ》やぁ～！

周りから生温かい視線を感じるが、無視だ無視！

するとジジが立ち上がろうとして――よろけてしまう。

俺は彼女を抱きとめる。

それを見て、ドロテアさんが言う。

「だから言ったのじゃ。朝からずっと膝枕していたから、足が痺《しび》れたのじゃろう」

朝からって……一体、今は何時なんだ？

生活魔術のタイムで時間を確認すると、なんと夕方になっていた。

ジジをソファにもう一度座らせ、回復魔法で足の痺れを取ってやる。

「あ、ありがとうございましゅ」

やはりジジは可愛ええなぁ～！

「次は私の番なのじゃ！」

「つぎはピピ～！」

「私にお任せ下さい！」

ドロテアさんとピピ、そしてバルドーさんが再度参戦表明してきた。

「もう十分にジジに休ませてもらったので、大丈夫ですよ！」

俺がそう言うと、ピピが頬《ほほ》を膨《ふく》らませる。

「う～、ピピも～！」

「じゃあピピはシルと一緒に、今晩俺と寝てくれるかな？」

「うん、いっしょにねる～！」

うんうん、癒されるなぁ。

それを見ていたドロテアさんとバルドーさんが参戦しようとしているのに気付き、俺は先に釘を刺す。

「でも、残りの二人はお断りします！」

ドロテアさんがあわあわしているが、気にせず夕食に向かう。

爆睡して昼を食べ損なったので、本当にお腹が空いていたのだ。

◇　◇　◇　◇

翌朝も、気分良く目を覚ます。

昼に寝ていたので寝られるか心配だったけど、シルと一緒にピピを挟んで横たわっていると、すぐに夢の中だった。

ジジが言う通り、思った以上にこの数ヶ月は無理をしていたのかもしれない。

作業もそうだが、人間関係が複雑化したことにより精神的に疲れていたのだろう。

前世では一人でいることが多く、研修時代は完全に一人きりだったし。

朝食を食べてから、中継地を出発し、馬車を走らせる。

今俺はジジと……なぜかアンナさんに挟まれながら御者台に座っていた。

残りのみんなは、馬車の上に座ってトンネルを物珍しそうに眺めている。


一時間ほど進むと、トンネルまで到着した。

みんなが感嘆《かんたん》の声を上げているから自慢したくなるが、説明するとキリがないので我慢する。

穴を掘っただけでなく、全面を土魔術で石畳にしつつ綺麗にしてあるし、幅も余裕を持って作ったから、馬車がすれ違えるようになっているんだよなぁ。

とはいえ三十メートルしかないので、すぐに出口だ。

このトンネルの先にも、俺が力を入れて作った物がある。

「あっ、こんどは橋があるぅ～」

おっ、ピピがいち早く気付いたようだ。

山裾《やますそ》に沿《そ》って道を作ると急な曲がり角になってしまい、馬車を走らせにくい。

だから橋を作り、ショートカット出来るようにしたのだ。


何度かトンネルを通り橋を渡り、昼前には岩山を越えガロン川の手前に到着した。

この川の向こう側はラソーエの領地だ。

川の手前には外壁で囲まれた土地がある。

この中には、広場を作り、建物を一棟だけ建てたんだよな。

「テンマ様、ここに村を作るのですか？　そんな計画はなかったと思いますが？」

呆れ顔で質問してくるバルドーさんに、俺は答える。

「ここで検問を行うことになる可能性もあるかと思い、兵士が宿泊出来る建物を建てただけです。一応安全のために外壁も造りました」

「なるほど……」

バルドーさんは微妙な表情をしていたけど、結局納得してくれたようだ。

昼食は建物の屋上で食べることにした。

屋上には柵《さく》を設置して、テラスにしてあるのだ。

第5話　ドロテアの怒り

昼食を食べ始めて少しすると、ドロテアさんがいつものようにニヤニヤしながら話しかけてくる。

「ここは景色も良いし、山裾に家を建ててのんびり暮《く》らすのも悪くないのう。テンマ、一緒に暮らそうではないか！」

「う～ん、ドロテアさんとじゃのんびりと暮らせないと思うから、断らせてもらいます！」

俺も普段通りそう返したんだけど……あれっ、いつもの反応と違うなぁ～。

ドロテアさんは不満そうな顔だ。

他のみんなもそのことに気付いたようで、なんだか微妙な空気が流れる。

少しして、ドロテアさんは言う。

「最近のテンマは、私に冷たいのじゃ！」

いやいや、出会った頃からそれほど態度は変えていないけど？

う～ん、でもドロテアさんがそれを不満に思っているのなら、しっかり話をしないとな！

アンナさんとの一件で、話し合うことの重要性を知った。

ならばそれを今回にも活かそう、という訳だ。

「俺はさほど態度を変えたつもりはありませんが……最近のドロテアさん、冗談がしつこくないですか？」

「なっ」

「最初は好意を寄せてくれていると思って嬉しかったんですけど、旅に出てから折に触れて言い寄ってこられるようになったので、ちょっとしつこいなぁって」

ドロテアさんが、目に見えて焦っているのが分かる。

さすがに少しきつい言い方だったかと思い、俺はフォローする。

「別にドロテアさんが嫌いだってことじゃないですよ。道を一生懸命《いっしょうけんめい》作りながら、魔術を極めようとする姿は可愛いと思うぐらいですし」

「可愛い……」

そこだけ抜き出さないでよ……。

少し気恥ずかしくなりながらも続ける。

「俺も男だから、魅力的な女性に言い寄られるのは嫌じゃないですけど、一日に何回も言い寄られると、正直困惑《こんわく》してしまいますよ」

「デンマァ、わ、私は男性を好きになったのは初めてなのじゃ～。だから、どうすれば良いか分からなくて、エッチなことをすれば男は喜ぶと教わっていたから、それで！　必死だったのじゃ～」

号泣しながら縋《すが》りついてくる六十歳。

うんうん、これぞドロテアさんって感じだ。こっちの方が健全で良い。

……って、待てよ？　今『教わって』って言った？

「誰に教わったんですか？」

「カリアーナが教えてくれたんじゃ……」

えっ、カリアーナさん!?

カリアーナさんは元々魔術ギルドの副ギルマス。

旅に出るときにドロテアさんにギルマスの役職を押し付けられたので、現在はギルマスである。

ロンダを出る直前、ドロテアさんに縋りついていて……確かに不穏な会話を盗《ぬす》み聞きしたっけ。

でも、あの人も恋人がいないんじゃなかったか……？

すると、バルドーさんが言う。

「確かにカリアーナはよく男に言い寄っているみたいですね。ですが積極的過ぎて怖いと、私の知り合いが言っていました」

「わ、私はカリアーナに騙《だま》されのか……」

愕然《がくぜん》とするドロテアさん。

カリアーナさんにも悪気はなかったと思う。ただ、男性と付き合った経験もなかったってだけで……。

あっ、ドロテアさんの目が血走ってるぅぅぅ！

「ゆ、ゆ、許さんのじゃーーーーーー！」

ドロテアさんは怒りのまま火魔術の上級魔法を発動させ、最大限の魔力を込めて川の上流へ放つ。

ドッゴーーーーーン！

やばい！　やばい！　やばい！

俺はすぐに広場の外壁ごと結界魔法で囲い、守りを固める。

放たれた魔法は川の一部を吹き飛ばす。

水が土や石と一緒に降り注いでくる。

け、結界が間に合って良かった～。

「ふぅううぅぅううう……フハハハハァ！　ヘヘヘェ、殺す！」

こ、怖ーーーーーい！

カリアーナさんが呪われてしまうのではないかと心配になるくらい、ドロテアさんの様子は尋常ではない。

俺含め誰もドロテアさんに声を掛けられず、ただ時間だけが過ぎていく。

二分ほど経って魔法の余波は収まり、魔法を放った場所が池のようになっているのが見える。

ようやくドロテアさんの怒りも収まったようで、彼女はぽろぽろと涙を零し始めた。

「わだじは、おりょきゃものじゃ～（私は、愚《おろ》か者じゃ～）」

うん、そうかも。よもやあんな話から、こんなに大きな被害が生まれるとは思わなかったもの。

だが、ここでそれを言っても仕方ない。

「ドロテアさん、もう一度色々と見直そうじゃありませんか。カリアーナさんも、ドロテアさんを騙そうとしたわけではないと思いますよ」

「テンミャ～、じゃがぁ……」

「彼女はきっと、積極的に言い寄るのが正しいと思っているんです。そしてそれがダメだと気付いていないカリアーナさんには一番悲惨《ひさん》な運命が待っているかもしれません……」

バルドーさんも、うんうん頷きながら言う。

「確かにそうですなぁ。その点ドロテア様は、テンマ様に完全に嫌われる前に気付けて良かったのではないでしょうか」

そんなバルドーさんの言葉を聞いて、ドロテアさんの表情が明るくなる。

「ふふふっ、確かにそうじゃな。私はテンマの愛で救われた！　でもカリアーナは……フハハハハッ！」

はい、調子に乗り始めた！　まぁでも、ずっと落ち込まれているよりはいいか。

俺はそう思いつつ、みんなを見回しながら言う。

「これからは俺も言いたいことを言うつもりだ。だからみんなも言ってほしい。アンナさんとも最初に話をしていれば、お互いに不快な思いをしなかったと思うしな」

すると、早速アンナさんが手を挙げる。

「では、テンマ様にお願いがあります」

えっ、何!?　アンナさんとの問題は解決したはずじゃ……？　怖いんですけど……。

「私はテンマ様のけんぞ……メイドです。呼び捨てにして下さい！」

内容を聞いて、ホッとする。

でも、アンナさんは将来的に女神になるんだよね？　そんな人を呼び捨てにしていいのか？

……まぁ、確かにメイドに敬称は不自然だ。しかも、彼女自身が望んでいるのに断る道理もないか。

「うん、分かった。これからはアンナと呼ぶようにするよ」

「ありがとうございます」

よし、これで彼女との問題は完全に解決だ！

……いや、待てよ。よくよく考えると、俺は彼女のことをあまり知らない。

折角だし、聞いておくか。

「アンナは家事以外に、何か出来ることはあるのかい？」

「生活魔術と聖魔術がカンストしていますが……攻撃系の魔法は一切使えません」

えっ、えええええっ、生活魔術がカンスト⁉　だったらルームが使えるし……それに、聖魔術まで極めているって、超《ちょう》すごいじゃん！

「かんすと？　ってどういうこと？」

ピピが不思議そうに首を傾《かし》げる。

すると、バルドーさんがピピに優しく説明する。

「カンストとは完全に極めたという意味ですね」

「聖魔術をカンストさせるなんて……古《いにしえ》の聖女ですら無理だったはずじゃ……」

ドロテアさんはそう呟いた。

……この質問、二人っきりのときにするべきだったな。

まあ今更後悔しても仕方ないし、それをどう活かしてもらうか考えた方がいいか。

「生活魔術がカンストしているなら、アンナはルームが使えるんだよね？」

アンナはなぜか不思議そうな顔をしながら、「ルーム？」と言いながら小首を傾げる。

すると、ルームの扉が現れた。

「つ、使えました‼　なんですかこれ？」

気付いていなかったんかーーーーい！

「ルームは、自分専用の亜空間を生み出すことが出来る生活魔法の一種。居住スペースに出来るのはもちろん、中に物資をため込むことも出来る。使用者に触れている状態でないと他の人はルームに入れない仕様になっているから、その空間はアンナのプライベートスペースにすればいいよ。家具とかも必要なら言ってくれ。ただ、いざというときにみんなが避難出来る部屋も用意してくれると助かる」

「わ、分かりました！」

これで、俺がいなくてもみんなの安全が確保出来るな。

やはり話をすることは大切だ。前世の影響で言いたいことを我慢する癖が付いていたけれど、これからは徐々に改善していこう。

「テンマ様、わ、私には何かありましゅ。あっ！」

ジジが緊張しながら尋ねてきたが、噛んでしまったことを恥じて俯《うつむ》いてしまった。

可愛ええなぁ〜。

ほっこりしていると、ピピとシルが元気に聞いてくる。

「お兄ちゃん、ピピは！」

『ぼくも〜！』

「ピピはもう少し大きくなるまで、可愛い妹でいてほしいかな。危険なことをすると、お兄ちゃんは心配になっちゃうよ。それ以外は……たまに一緒に寝てくれるだけで、お兄ちゃんは幸せだよ。それと、シルは精神的に疲れたときにモフモフさせてくれて、本当にありがとう。いつも癒されているよ」

「『えへへへ』」

ピピとシルは嬉しそうな顔で照れている。

「わ、私は……」

そうだ、結局ジジに答えてあげていなかった。

「昨日ジジに言われて、自分が精神的に疲れていたことに気付けたんだ。そしてジジはそれを癒してくれる存在だとも感じた。こうやってみんなときちんと話そうと思えたのも、ジジのおかげだ。だからこれからも、俺を支えてほしいと思っている！」

「そ、そんな、私なんかが……グスッ」

ジジは感極まって、泣き始めてしまった。

すると、俺らのやり取りを聞いて思うところがあったのか、バルドーさんが口を開く。

「確かに旅に出てから、テンマ様の様子が少しおかしかったかもしれませんなぁ。テンマ様はなんでも簡単に作ってしまわれるので、私も調子に乗ってしまい、テンマ様に仕事をさせ過ぎてしまったところがあります。申し訳ありません」

「いいえ。大変ではありましたが、自分のせいで仕事が増えたところもありますし。どころか、バルドーさんがいなければ、もっとロンダを発展させるのも、この旅も大変だったと思います。ただ、もう少しドロテアさんの暴走を止める側に回ってほしかったですけど……」

そんな俺の言葉に、バルドーさんは頬を掻《か》いて苦笑いしながら言う。

「テンマ様はドロテア様の過激な行いを喜んでいそうでしたので、口を出さなかったのですがねぇ」

うぅ、ちょっとしたおふざけ心とスケベ心を読まれていたのかな。

で、でも少し鬱陶《うっとう》しく感じていたのは事実だし……。

「い、いや、騒動を起こさないように注意してほしいというか、なんというか……」

バルドーさんは口ごもる俺を見て、笑う。

「分かりました。目を光らせるようにいたします」

「よ、よろしくお願いします！」

そしてちらっと横を見ると、ミーシャはこの状況でも黙々と食事を続けている。

まあ、確かにミーシャには特に何もないかな。

強いて言えば、村を出たときより微妙に距離が出来た気がするってくらいか……まぁ、訓練のときはいつも通りだし、あえて指摘する必要もないだろう。

『わ、私はどうなのかしら？』

ハルが心配そうに尋ねてきた。

うーん、正直天然トラブルメイカーに何か言っても、暖簾《のれん》に腕押しだろうし……。

「さて、これからは何かあれば話してほしいし、俺も話すようにする。仲間として絆《きずな》を深めていこう！」

「「「「はい！」」」」

『私はどうなのよーーー！』

俺だけでなく、誰もそんなふうに叫ぶハルの相手をすることはなかった。

第6話　まあ、良い感じ？

まだ昼を過ぎたくらいだし、作業を進めようと思ったんだけど……

「みんな、少し待ってくれ。周辺に魔物がまったくいない」

いつものように魔物の間引きの準備をしていたミーシャは動きを止め、ドロテアさんは不思議そうな顔をする。

「ああ、そういうことですか」

バルドーさんは気付いたようだ。

「うん。ドロテアさんの魔法で、周辺の魔物が逃げたみたいだ。この状況だと明日になっても、魔物が戻ってくる可能性は低いと思う」

みんなの視線が、ドロテアさんに集中する。

魔物を間引きするのに留めていたのは、あまりに多く狩ってしまうとその土地の生態系が崩《くず》れてしまう可能性があるし、逃げ出した魔物が別の地になだれ込んでしまう可能性があるからだ。

だから、今の状況はあまりよろしくない。

とはいえ、みんなが結束したこのタイミングでドロテアさんを責めるのはなんだかなぁ。

そう思っていると、ドロテアさんが号泣し始める。

「す、すまんのじゃ～。ヒック、わだじはやはり、ヒック、大馬鹿《おおばか》なのじゃ～」

それを見てみんなが、オロオロし始める。

俺は口を開く。

「ドロテアさん、これから仲間として絆を深めていこうと言ったばかりじゃないですか。今更やってしまったことを後悔するより、協力して作業を進めましょう！」

「そうだよぉ～、ドロテアお姉ちゃん」

ピピは優しい……けど、ドロテアさんをそんなふうに呼んでいるの!?　そっちの方が衝撃なんだけど！

「大丈夫ですよ。誰にでも失敗はありますから」

ジジは相変わらずいい娘だ。

「うん、問題ない」

ミーシャは残念そうではあるけど……ここでそれを言うほど空気が読めないわけではなくて、よかった。

「とはいえ、逃げた魔物がどこに向かったかは気になりますね。他の町や村に影響が出ていなければければ良いのですが……」

バルドーさん、お、恐ろしいことを言わないで！

ドロテアさんも泣くのを忘れて、顔を真っ青にしているし！

いや、でもこれは先んじて確認しておかないとダメだな。

俺は言う。

「え～と、じゃあ俺は近くの町や村に影響が出ていないか確認してくる。その間に魔法の影響で飛び散った、土や石を集めておいてくれるかな？」

「「「「はい！」」」」

「み、みんなぁ～申し訳ないのじゃ～！」

テーブルに手をついて、ドロテアさんはまた泣き始めてしまった。

本当に子供みたいな人だなぁ。

俺は頭を撫でながら笑いかける。

「仲間なんだから、助け合うのは当然ですよ」

「デンミャァーーーー！」

そ、それは、ダメだぁーーーー！　腹の辺りに抱き着いて顔を擦《こす》り付けるな!!

む、む、胸がダメなところにぃ～。揺すっちゃダメぇーーーーー！

それからジジもドロテアさんをなぐさめにきてくれて、ドロテアさんはなんとか落ち着いた。

……ふぅ、若い肉体は敏感だから困る。

「そ、それじゃあ、あとは頼むね」

若干腰が引けつつも、俺はフライで飛び立つ。

「テンマァー、よろしく頼むのじゃ～」

ドロテアさんをはじめ、みんなが手を振って見送ってくれる。

気持ちを落ち着けながら、俺はラソーエ男爵領に向かう。


予想通り魔物はラソーエ男爵領内の町へ向かって移動していた。

まだ森の中でよかった。

胸を撫で下ろしながら気配を遮断して上空から接近し、風魔術で魔物を倒してアイテムボックスに収納していく。


二時間ほどで大半の魔物は討伐した。それほど強くない個体はあえて狩らずとも脅威《きょうい》にならないだろうってことで、放っておいているが。

それから念のためコーバル方面へもフライで移動してみると魔物がいたため、こちらも念のために危険そうな奴だけ討伐しておいた。

それから中継地まで戻ってみると、その道中にも魔物がちらほらいるが……まぁ周辺に人が住んでいないから、今討伐する必要はないか。

そうこうしていると、結局夕方近くになってしまった。

俺はガロン川の手前にある建物の屋上に降り立つ。

すると、すぐにドロテアさんが走ってきた。

もしかすると、外を見て俺が戻ってくるのを待っていたのかもしれない。

「ど、どうじゃった？」

「放っておいたら危なかったかもしれませんね。でもあらかた討伐したので、もう大丈夫だと思います」

ドロテアさん達には魔法で飛び散った土や石の片付けをお願いしていたけど、魔導具に付与した収納を使った作業なので、汚れないはずだ。

なのにどうしてこんなに泥だらけなんだよ。

でも、その天然っぽさが可愛い……いや、六十歳！　六十歳！　六十歳！

「ありがとうなのじゃ！」

ドロテアさんが、そう言いながら抱きついてこようとしたので避ける。

すると、彼女は顔面から地面に着地した。

「にゃんで、避けるのじゃ～」

鼻血を出しながら抗議するドロテアさん……可愛いじゃないかーーーーー！

六十歳！　六十歳！　六十歳！

理性を保つため、心の中で何度も呪文を唱えるのだった。

◇　◇　◇　◇

建物の中に入り、みんなを呼んでどこでも自宅に入る。

ダイニングに移動して、全員が着席してから俺は口を開く。

「ラソーエ領とコーバル領には、魔物が向かっていた。でも危険な魔物は一掃《いっそう》したから、すぐに落ち着くと思う。ただ中継地の周辺にも魔物が移動しているんだ。俺は明日から橋の建設と川の整備に着手する。二日ほど掛かりそうだから、みんなには一度馬車で中継地まで戻って魔物を討伐してほしい。ここで待っているだけではつまらないと思うし。頼めるかな？」

「うん、それが良い！」

「分かったのじゃ！」

ミーシャとドロテアさんが即座にそう答えてくれた。だけど――

「ああ、ドロテアさんは一緒に整地作業をしてもらいます。ドロテアさんが魔法を撃ち込んだ場所が池みたいになっちゃったでしょう？　そこを整備しなくちゃいけませんし」

「一緒に……二人で……」

ドロテアさんがニヨニヨと変な顔でそんなふうに呟いているが、無視して話を続ける。

「アンナは、ルーム内にみんなが泊まれるようにしてくれないかな。D研《どこ》の扉は俺が管理出来るところに置いておきたいから、この建物内に移そうと思っているんだ」

「分かりました」

「よし話はまとまったね！　それじゃあジジは夕飯の準備をしてくれ。アンナはルームに置く魔導具や家具を渡すから、ついてきて」

俺はそう言うと、自分のルームを開く。

「昼間に言った通り、ルームに他人を入れるには体の一部が触れていないとダメなんだ。出来ればアンナに必要な物を選んでもらいたいんだけど……」

二人っきりになる上に身体的接触が発生することに気付き、語尾が小さくなる。

これまでそういう意味で警戒されていたしな……。

しかし、アンナはにっこり笑う。

「はい、何も問題ありません」

アンナは魅力的な女性だから、そんな表情をされるとドキドキしてしまう。

「そ、そうかい。じゃ、じゃあ手を……」

アンナの手を軽く握り、ルームの扉を出現させる。

すると、彼女は強めに握り返してきた。

逆に危険なんですけどぉーーー！

顔が熱くなるのを感じながら、ルームに入る。

手を離すと、早速アンナが聞いてくる。

「あの、自分のルームの部屋割りの参考にしたいので、テンマ様のルームを見せていただけないでしょうか？」

俺は頷いて、案内を始める。

興味深げに自分のルームを見られると、なんだか恥ずかしいな。

すべての部屋を見終えたあと、アンナはルームの構想を話してくれた。

玄関入ってすぐの場所をリビングダイニングにして、そこから他の部屋に行けるようにするらしい。

「俺は泊まらないけど、みんなが泊まれるように寝室は多めに作ってもらえると助かるかな」

「二人部屋を四つと自分用の部屋、あとテンマ様のルームほど豪華でなくとも、お風呂も欲しいですね」

そんなふうな会話を経て倉庫から魔導具や家具、食料などを取り出してアイムボックスが付与された箱に入れ、ルームを出る。

そして、アンナのルームに移動する。

ルームを出入りする度に手を繋ぐことになるから、なんだか照れくさい。

しかもそう思っていることが、なんとなくアンナにバレている気がするのだ。

くっ、数日で立場が逆転してるじゃんか！

そのあと家具や魔導具を設置してあげて、D研《どこ》へと戻った。

第7話　共同作業

翌朝、魔物討伐組が中継地に向けて馬車で出発する時間になったので、見送ることにした。

だが、予想外の光景が目に入る。

「ピピちゃんや、横に居るのは何かな？」

「ピョン子《こ》も一緒に行くのぉ～」

ピピの手のひらの上に載っているのは、この間従魔にしたと言っていた、ホーンラビットのピョン子だ。

こいつは以前見せてもらったから、知っている。

俺が今聞いているのは、横にいる大きい奴のことだ！

もしかして……鑑定してみよう。

やはり、こいつはドロテアさんの従魔になったピョン吉《きち》か。

それにしても……可愛くない！

ピョン吉はホーンラビットの上位種だから、大きいのはいい。

で、でも！　大きいというよりデブなのだ！

それに目つきがふてぶてしい。俺を睨む姿がムカつく。

細かく鑑定すると、こいつの種族がクイーンホーンラビットだと分かる。

クイーンということは雌《めす》なのだろうが、やさぐれた中年オヤジみたいだ。

「隣に居るのはドロテアさんのピョン吉だよね。ドロテアさんはここに残るのに、なんでピピと一緒に行くのかな？」

すると、契約者であるドロテアさんが横から言う。

「ピョン吉のレベルを上げておいてほしくて、私が頼んだのじゃ」

上位種だから弱くないとは思うけど、これだけ太っていたら、簡単に魔物の餌《えさ》になっちゃわない？

俺の内心の不安を察したらしく、バルドーさんが言う。

「ピョン吉はいつも、ミーシャさんの訓練相手をしていますよ」

ええっ、この体形で戦えるの!?

驚きのあまりピョン吉に視線を向けると、小馬鹿にするように笑った……気がする。

ほほう、この俺にそんな態度を取るのか。

俺は、目を細めてピョン吉を改めて見る。

脂《あぶら》が乗っていそうだし、美味《うま》そうだな。あっ、もしかして肉は霜降《しもふ》りなんじゃ!?

ピョン吉はビクッと体を震わせた。

ふむ、プルっと揺れる腹の肉が、特に美味そうだな！

そんなことを考えていると、ピョン吉が近づいてくる。

おお、やる気か？　だったら食材にしてしまっても構わないよな？

しかし、ピョン吉は襲い掛かって来なかった。それどころか俺の足に体を擦り付け、媚《こ》びを売ってくる。

ぬほぉ、シルほどでもないが毛並みが気持ちいい！　それに体がぷにぷにとしていて……。

うん、ピョン吉を正式な仲間として認めよう！

「ピョン吉はともかく、ピョン子は大丈夫？」

俺の質問に、またしてもバルドーさんが答えてくれる。

「ピョン子はピピの従魔になってから、ピピに似た感じで成長していますので、大丈夫でしょう」

鑑定してみると……確かに、ピョン子は暗殺者向きの適性とスキルを持っている。

従魔契約をしていると、従魔が契約者に似た成長をするということなのか？

俺の素質はすべてCだし、スキルも満遍《まんべん》なく育てているからシルのステータスを見てもあんまり分からないんだよなぁ。

ともあれ、ピョン子のステータスはもそれなりだし、連れていっても問題なさそうだ。

俺はピピの頭を撫でながら言う。

「気を付けて行ってくるんだよ」

「うん！」

すると、頭の中に聞き覚えのない声が響く。

『姐《ねえ》さん、こいつ生意気だから、俺っちがしめましょうか？』

振り返ると、ワイルドコッコがいた。背丈はミーシャの胸元辺りまでしかない。

恐らくこいつがミーシャの従魔である、ロンガなのだろう。

人のように二本の足で立ち、羽を腕のように組みながら俺を睨んでいる。

念話が使えるのは大したものだが……チンピラみたいだ。

「ほう、ワイルドコッコの肉はまずいと聞いていたが、美味しく調理出来るか試してみるか」

「初めての従魔だけど、テンマがそう言うなら構わない」

俺の言葉に対して、ロンガの後ろにいたミーシャはあっさりと彼を見捨てるようなことを言う。

ロンガは驚き顔で、ミーシャを振り返る。

「テンマは私の師匠。師匠に喧嘩《けんか》を売るのは大罪。諦める！」

すると、ロンガは驚くような速さで土下座して、揉み手しながら謝罪してくる。

『兄貴、失礼しました！　私はミーシャ姉さんに可愛がってもらっている、ロンガ。矮小《わいしょう》なワイルドコッコです。雑用でもなんでもお言い付け下さい！』

「可愛がってない！」

ミーシャの冷たい一言にもめげず、必死に揉み手を続け、俺のご機嫌を取ろうとしてくるロンガ。

この小物感……チンピラ風にしたランガって感じだ。

ちなみにランガはミーシャの姉であるサーシャさんの夫で、俺が開拓村で身を寄せていた家の主《あるじ》だ。俺のステータスの高さを知るまで強気な物言いをしてきていたり、家の最高権力者であるサーシャさんに頭が上がらなかったり、結構小物なんだよな。

「今回は許そう！　でも次はないからな」

『ははーーー！』

俺の言葉を受けて、ロンガは逃げるように御者席に跳ぶと、手綱《たづな》を握り、馬車を出発させた。

鳥なのに運転出来るのはすごいけど、なんだかなぁ～。

◇　◇　◇　◇

馬車が見えなくなったので、ドロテアさんを振り返りつつ、声を掛ける。

「それでは、作業を始めましょうか」

「わ、分かったのじゃ……」

ドロテアさんの顔がなぜか赤いが、まぁいいか。

作業内容を説明する。

「俺が川岸に堤防を造るので、その上を中継地の道路を整備したときと同様に土魔術で舗装して、道を作ってください」

「ていぼうとはなんじゃ？」

「う～ん、ちょっと待って下さいね」

説明するより、見せた方が早いな。

俺は川に移動して土魔術で川幅を少し広げつつ、堤防を作って見せた。

「こんな感じで、川が氾濫《はんらん》しないよう土砂を盛り上げて作った部分を、堤防と言います」

「……これによって川の氾濫を抑えられるのだとは理解出来るが、その上に道を作るのはなぜじゃ？」

「ドロテアさんが魔法を撃ち込んだ場所、池みたいじゃないですか。自然豊かなので、切り拓けば景色も良くなりそうだな、と。折角だからみんなが集まる憩《いこ》いの場にしたいんですよ」

ドロテアさんは、不思議そうな表情をしている。

もしかして観光地とか娯楽のための場所という発想自体が、この世界にはないのかな？

「よく分からんが、テンマのやることじゃから、意味があるのじゃろう。そ、それに、二人っきりでの共同作業じゃし！」

なんか勝手に盛り上がっているが、まぁ作業をちゃんとやってくれるならいいか。

「それじゃあ、俺はどんどん堤防を造りますから、あとは願いしますね」

「分かったのじゃ！」


それから、作業は順調に進んでいった。

昼頃にはこちら側の川岸の堤防は、池の部分も含め完成し、道の整備も池に差し掛かるくらいまでは済んでいた。

なんなら俺は少し余裕があったので、展望台も作ったし。

ドロテアさんに声をかける。

「ドロテアさん、昼にしましょう。順調に進んでいますしね」

「コツが掴《つか》めてきたのじゃ。この作業によって、本当に魔力操作が上手くなるんじゃのぉ」

嬉しそうに話すドロテアさんを鑑定すると、また魔力操作のレベルが上がっていた。

魔術適性チート、すごいな。

でも、適性だけで言ったら、アーリンはこれ以上の適性があるんだよな……。

「展望台を作りましたので、そこで昼食を食べましょう。景色を眺めながら食事をすれば、更に美味しく感じますよ」

「う、うん、そうじゃな」

どこか歯切れの悪いドロテアさんを連れ、展望台へ。

展望台に上ると、川と池、そして周りに広がる森が一望出来る。

「す、すごいのじゃ～！　水がキラキラ光って、まるで自分が光の中で溺《おぼ》れているようじゃあ！」

まるで子供のように騒ぐドロテアさんは、相も変わらず無邪気だ。

この感じが、ドロテアさんだよなぁ～。

変に誘惑してくるより、よっぽど魅力的だ。

「はい、ジジ特製のカツサンド――あっ！」

カツサンドを渡そうとしたけど、ドロテアさんの手が泥だらけになっているのに気付く。

俺は彼女の手を取り、クリアの魔法で綺麗にしようとする。

「にゃにを!?」

メチャクチャ動揺するドロテアさん。

やっぱり、今日の彼女はおかしい。

「そんな手で食べたら、病気になりますよ」

俺がそう言ってクリアをかけると、ドロテアさんは「あ、ありがとうなのじゃ」と口にして目を逸らす。

一口カツサンドを頬張ると、いつもの調子に戻ったけど。

そのあとは普通に食事をしながら、魔術についてあれこれ話をした。


食事が終わったら、作業を再開する。

「それじゃあ続きをお願いしますね」

「任せるのじゃ！」

魔術談義が楽しかったのか、どことなく嬉しそうに走っていくドロテアさん。

普通にしていれば、可愛いらしい女性なのだ。

はてさて、俺も作業に入るとするか。

午後は向こう側の土手と、橋の土台を作らねば。

約二時間後。土手を作り終わったので、橋作りに入る。

水に濡れないように結界を張って川に入り、川底の土や岩を収納する。

これらを再利用して、橋の土台を作るのだ。

地道に川底を歩き回り、あらかた素材を集め終わったら、地上に出る。

そうして橋脚《きょうきゃく》を作っていく。

作業が終わる頃には、夕日で辺り一面が真っ赤になっていた。

ちょうどドロテアさんもこちら側の堤防の舗装を終えたようで、歩いて戻ってきた。

「お疲れ様」

「テンマ、すごいのじゃ。世界が真っ赤に染まっているのじゃ！」

ドロテアさんはやはり、子供のような無邪気な笑顔ではしゃいでいる。

冒険者として各地を巡っていたはずなのに、今でもこういったことに感動出来るのは、美点だよな。

やばい、普通に可愛いし、同い年か年下にすら感じてしまう。

なんだかドキドキしてしまい、俺の顔が熱を持つ。

今、夕陽が目いっぱい差してくれていてよかったと、そう感じずにはいられなかった。

第8話　二人っきり？

夕日の中をドロテアさんと並んで歩き、建物に戻る。

前世ではこうやって女性と二人っきりで歩くなんて有り得なかった……いや、そうでもないか。

小さい頃に、おばあちゃんと堤防を歩いたんだよなぁ。

それをカウントしてしまうのが、なんだか悲しいところだが。

って言うか、当時おばあちゃんはまだ五十代だったから、今のドロテアさんより若い……？

うん、考えるのはやめよう！

「テンマ、あれはなんじゃ？」

ドロテアさんが聞いてきたので、俺は口を開く。

「あれは橋脚ですね。あの上に道を作れば、橋は完成です」

「なんと、もう橋が出来るのか⁉　……私も少しは魔術が上手くなったと思ったのじゃが、テンマと比べたらまだまだなのじゃ！」

「そんなことないと思いますよ。池を作れるほど大規模な魔法が撃てれば、十分ですって」

ドロテアさんは微妙な表情を浮かべる。

ちょっと意地悪な言い方だったかな……？

そんなタイミングで、ちょうど建物に到着した。

中にあるD研の入り口を抜け、どこ《どこ》でも自宅へ。

いつも通りの流れなのだが……ドロテアさん、落ち着きがないし、緊張してる？

まぁドロテアさんがおかしなのはいつものことなので、放っておいても問題はないだろう。

俺はそう結論付け、リビングのソファにどっかりと座り込む。

やはり、大規模な作業は少し疲れるな。

だけど今日は結構進められたから、明日は少し余裕がありそう。

ドロテアさんが頑張ってくれているのもあって今のところだいぶ順調だし、中継地に向かったメンバーが戻ってくるより随分早く作業が終わるんじゃなかろうか。

そんなことを考えていると、ソファが軽く沈む。

横を見ると、ドロテアさんがソファの端にちょこんと座っていた。

どうしたんだろう？　普通にもうちょいこっちに座ればいいのに。

ドロテアさんは下を向いて深刻な表情で、ブツブツと呟いている。

何か悩みがあるのかもしれない。聞いてみよう。

「ドロテアさん？」

「ひゃっ！」

なんだ？　いつもと違った反応だ。

顔を真っ赤にして、またブツブツと呟き始めてしまったし……。

かと思えば、急に顔を上げて聞いてくる。

「テ、テンマ！　きょ、きょ、今日は疲れているのではないか？　わ、わ、私が！　ひ、膝枕してやるのじゃ！」

……突然何を言い出すんだ、この人は。もしかして何か企んでるのか？

「い、いやぁ……膝枕ならジジにお願いしますよ」

「そ、そんなこと言わずに、た、試してみるのじゃ。ジジより――」

「呼びましたぁ～？」

噂をすれば影が差す。ジジが入ってきた。

「ジジ！」

ドロテアさんはなぜか目を剥《む》いて、驚いた様子。

ジジは首を傾げる。

「はい、なんでしょうか？　あっ、もしかしてお茶ですか⁉　用意しますね！」

ドロテアさんは、台所の方へ走っていくジジの動きを呆然と目で追っている。

それから少ししてジジがお茶を持ってきてくれたので、俺ら三人はダイニングのテーブルに座る。

「昼のカツサンド、美味しかったよ。隠し味に何か入れた？」

俺が聞くと、ジジは悪戯《いたずら》っぽく笑う。

「ふふふっ、いつもと違うレシピで作ったことに気付くとは、さすがテンマ様ですね。でも教えませんよ。私より美味しい物を作られたら、悔しいですから」

「う〜ん、なら俺も工夫して作ってみようかなぁ」

「もう、それじゃあ結局私が負けちゃうから、意味ないじゃないですかぁ！」

ジジが俺の肩をポカポカと叩く。

なんかじゃれ合っているみたいで、楽しいなぁ〜。

「な、な、なんでじゃぁぁぁぁ！」

ドロテアさんが突然椅子から立ち上がり、叫び出した。

ジジが少し怯《おび》えたように聞く。

「あっ、お茶じゃない方が良かったですか？」

「そ、そ、そういうことじゃないのじゃぁぁぁ！」

「じゃあ、どうされたんですか？」

「な、なんで！　なんでジジがおるんじゃ!?」

「「えっ？」」

俺とジジは思わず同時に聞き返す。

「ミーシャ達と一緒に、中継地へ行っているんじゃなかったのじゃ!?」

「ジジは魔物を討伐出来ないので、残ってもらっています。そんなのいつものことでしょう？」

「じゃ、じゃが！　アンナは一緒に行ったではないか？」

「いやいや、アンナには彼女のルームにみんなを泊めてもらうっていう役割があるじゃないですか。それはドロテアさんも聞いていたでしょう？」

「そ、それは、聞いて……聞いていたのじゃが……」

ドロテアさんはそこで言葉を切り、すとんと椅子に座ると、そのまま黙ってしまった。

俺とジジは、何が起きたのか分からず、顔を見合わせる。

やがて、ジジが口を開く。

「えっと……すみませんでした。今日の夕飯は豪勢にしましたので、た、楽しみにしていて下さい……」

ドロテアさんは、キッとジジを睨みながら言う。

「それは楽しみじゃ！」

どう見ても、楽しみにしているような雰囲気じゃないよぉ〜。

◇　◇　◇　◇

夕食のあと。

どこでも自宅の大浴場で、ドロテアとジジは並んで湯船に浸《つ》かっていた。

ドロテアはバツの悪そうな表情で、頭を下げる。

「ジジ、すまなかったのぉ」

「いえ、私がドロテア様の気に障《さわ》ることをしたのですよね」

「ち、違うのじゃ。今晩はテンマと二人っきりになれると勘違いしていたのじゃ。恥ずかしい話じゃが、これまでテンマと二人っきりになったことがなく、逆にどうすれば良いのか分からなくなっていたのじゃ。だからジジを見たときに、実は内心ホッとしてしまって……そんな自分が恥ずかしくて、八つ当たりをしてしまった。本当にすまなかったのじゃ！」

ドロテアは改めて深々と頭を下げ、ジジに謝罪した。

ジジは予想外の事態に、あわあわするばかりだ。

「ま、待って下さい。私なんかに――」

「ジジは大切な家族じゃぞ！　テンマが言ったではないか、首輪に刻まれた印《しるし》は家族の証《あかし》じゃと。『私なんか』とか言うでない！」

「あ、ありがとうございます……」

「礼など必要ない！　悪いのは私じゃ……」

そう言いながらまたしてもしょぼくれるドロテアを見て、ジジは優しく微笑む。

「ふふふっ、確かに私は悪くないみたいですね。でも、ドロテア様らしくて……いいなって思います」

そんなジジの言葉を受けて、ドロテアは頬を膨らませる。

「むう！　どうせ私は馬鹿なのじゃ！」

ジジは、慌てて否定する。

「違います！　旅に出てから、ドロテア様はいつもと違うご様子でした。まるで何かに焦っているような……。でもそれって、昨日テンマ様にお話ししていた恋愛感情が理由なんですよね？　で、今回もそうだった、と」

それを聞いて、ドロテアは少し考えてから口を開く。

「……その通りじゃな。私は焦っていたのじゃ。誰かを好きになったことなどこれまでなかったのじゃ。恋愛とか結婚とか私には関係無いと思っていたのじゃが、テンマといるとなぜか気持ちが抑えられなくなるのじゃ。たぶん、これが恋なのじゃろう。六十歳だというのに情けない話じゃが、どうしたら良いか分からないのじゃ」

「それは私も同じです。最初はピピと私を救ってくれたテンマ様に、恩返しをするために何だってしようと考えていました。それこそエッチなことでも。でも、テンマ様は決してそういうことを要求してきませんでした。たまにエッチな視線を感じることはありますけど……」

ジジは咳払いを一つして、続ける。

「ともあれ、そのおかげで私の錬金術や料理スキルはぐんぐん伸び、ピピもいつの間にかとんでもなく強くなりました。万一テンマ様に追い出されたとしても、二人で生きていける力を与えてくれていただけて……本当に感謝してもしきれません」

「確かにピピはすでに一人で冒険に出られそうなくらい強いし、ジジの料理も店を開けるほど美味い。そうそう、錬金術は私でも驚くほど成長が早いしの」

「はい！　でも、幸せになればなるほど贅沢な悩みが……」

ジジが複雑な表情になったので、ドロテアは声を低めて聞き返す。

「それはなんじゃ?」

「テンマ様に必要とされたい! 好きになってもらいたい! ……そんなふうに考えるようになってしまったんです」

それを聞いて、ドロテアは呆れたように言う。

「なんじゃ、そんなのは当たり前の話じゃ。テンマも言ってたではないか。ジジは『大切な存在』じゃと。家族に好かれたいと思うのは、普通のことじゃ!」

「はいっ! あの日の夜は嬉しくて布団《ふとん》の中で泣いてしまいました。でも、それで満足出来ない自分がいるのも実感してしまって。今度は女性として愛されたいと……そう……思うように……。自分がこれほどわがままだなんて、思いもしませんでした」

恥じ入るようにそう告白したジジに対して、ドロテアは溜息を吐く。

「何を馬鹿な事を言っておるのじゃ。そんなの、普通の考え方じゃ。それを言い始めたら私のこの気持ちは、わがままの極みになってしまうぞ!」

「ふふふっ、確かにドロテア様は少しわがままかもしれません。そう……ですよね。そういった想いを抱いても……いいんですね」

「吹っ切れたようで何よりじゃ。テンマの言う通り、お互いの胸の中を伝え合うって、大事なんじゃなぁ」

ドロテアが納得するように何度も頷いていると、ジジは突然手を挙げる。

「はいっ！　じゃあ私は、ドロテア様に言います！」

「な、なんじゃ⁉」

動揺するドロテアに対して、ジジは笑顔で宣言する。

「私はドロテア様のことを……お母さんかお姉さんみたいに思ってます！」

「お、驚かすでない！　お母さんは少し嫌じゃが、私だってジジとピピを妹のように思っているのじゃ！」

しかし、ジジは人差し指を立てて、続ける。

「もう一つあります！」

「ま、まだあるのか⁉」

「はい、その大きな胸は反則だと思います！　ズルいです！」

「ほほう……しかしこればかりは仕方がないのじゃ。でも、ジジも歳の割に良い胸《もの》を持っているではないか。まだまだ成長中じゃから、すぐに追いつくんじゃないか？　精々励《はげ》むがいいのじゃ！」

「むぅ……ドロテア姉さん、意地悪です！」

そうして二人は顔を見合わせ、大きな声で笑うのであった。

第9話　大失敗！

翌朝。

俺、テンマはドキドキしながらリビングへと向かう。

すると、ドロテアさんとジジはすでにソファーに並んで座っていて……あれ？　なんだか前よりも親し気じゃない？　何があったんだ？

昨晩、ドロテアさんはジジに突っかかっていた。

俺にはそんな状況をなんとか出来るスキルなんてない。

だから夕食を食べ終えると、逃げるように自室に引きこもってしまった。

結局二人が険悪になっていないか気になって寝付けなかったから、夜中に抜け出して橋を完成させ、そこから少しだけ仮眠をとって今に至る……んだけど、何やら問題は解決していそうだ。

「おはようございます。テンマ様」

ジジはそう言って俺に一礼すると、朝食の用意を始めてくれる。

ドロテアさんはそんなジジを微笑ましそうに見ていて……どういうことぉ～？

二十分後。

ジジが作ってくれた朝食を食べつつ、俺は思い切って聞いてみることにした。

「ふ、二人が前より仲良くなった気がするんだけど、なんで？」

ジジとドロテアさんは顔を見合わせて、微笑む。

そして、ドロテアさんが口を開く。

「テンマの言っていた通り、仲間だからお互いに色々と話してみたのじゃ」

「そうですよ。そのおかげでドロテア姉さんと、もっと仲良くなれました」

ドロテア姉さん!?　なんで呼び名まで変わっているのぉ!?

仲良くなったのはいいことだけど、二人はあれからどんな話をしたんだろう……。

でもそれ以上追及するのは危険だと、頭の中で警報が鳴っている。

うぅ、気になるが諦めるしかないな。

結局俺は自分の危機察知能力を信じて、「そっか。それならよかったよ」とだけ返し、それ以上深く聞くのを諦めた。


朝食を食べ終え、作業に向かう前にドロテアさんに今日の予定を説明する。

「昨晩、橋と向こう岸の堤防もほとんど造っておいたので、あとはドロテアさんが対岸の堤防を整地してくれれば作業は完了です。だけど、川の向こうはラソーエの領地ですし、そんなに丁寧にやらなくても良いですよ」

それを聞いて、ドロテアさんは溜息を吐いてから言う。

「テンマは、なぜそんなに作業が好きなのじゃ？　昨晩も働いておったとは……」

『昨晩はドロテアさんのせいだけど』と文句を垂れたくなるのをすんでのところで我慢して、答える。

「作業が好きなのは否定しませんが、それ以外にも理由はあります。昨晩バルドーさんに念話で確認したところ、昨日の午後だけで魔物をほとんど討伐し切ったらしいんです。だから今日は朝からこちらに向かうらしく。昼前にはこちらに着くはずなので、それまでに俺らも作業を終わらせておけば、展望台でみんな一緒に食事出来るかな、と」

「ほう、そんな事情があったんじゃな！　展望台から見る景色は本当に素晴らしいから、ジジにも見せてやりたいと思っていたのじゃ！」

そんなわけで話がまとまったので、残りの作業をこなすべく、川へ向かう。

橋を見てドロテアさんは「本当に完成しているのじゃ……しかもこんなに立派な物が……」なんて驚いていたが、俺を見て何かを諦めたような顔をして、早速道の舗装を始める。

その間ただ待っているのもなんなので、俺は対岸の堤防からラソーエ男爵領への道を作ることにした。

昼前にはドロテアさんの作業が余裕で終わり、道も森を抜ける手前辺りまで作れた。

そろそろかなーなんて思いつつドロテアさんと水分補給をしていると、ちょうどバルドーさん達が戻ってきた。

一旦彼らを連れてどこでも自宅に戻り、ジジをを含めた全員に、今日の昼食を展望台で摂る旨を伝える。すると、早速ジジとアンナが食事の準備を始めてくれる。

その間、俺を含めその他のメンバーは先に展望台へ。

「すごい！　すごい！」

ピピは大喜びで展望台を走り回り、そんなふうに声を上げながら喜んでいる。

その横でバルドーさんは堤防と橋を見下ろしつつ、感心半分呆れ半分といった感じで「たった一日で、これほど……」なんて声を漏《も》らしているが、聞かなかったことにしよう。


およそ三十分後。

展望に設置したテーブルの上に、食事がずらりと並んでいる。

ハルとシルはすぐさま席に着いたと思えば、涎《よだれ》を垂らし始める。

俺とバルドーさんも席に着いたけど、ピピとミーシャはまだ景色に夢中だ。

「お〜い、ピピとミーシャも食事にするよ」

そうして全員が揃ったので昼食を食べ始める。

一通り食事に手をつけ、落ち着いたタイミングで、俺は今後の予定を伝えることにした。

「移動は明日からの予定だから、午後はのんびり過ごしてくれ。で、次の目的地はラソーエ男爵領の中の町だ。揉め事を起こさないよう、気を付けてくれ」

結局、のんびりと旅を楽しむはずだったが、全然そうなっていない。でも、旅を始めたときより
みんな思ったことを言い合えるようになったし、これからはちゃんと異世界を楽しみたい！

そんな思いから出た俺の発言に一番に反応したのは、ドロテアさんだ。

「もちろん、揉め事なんて起こさないのじゃ！」

元気に宣言してくれたのはいいが、正直ドロテアさんが一番危険なんだよなぁ……。

俺以外もみんな同じ思いなのだろう、ドロテアさんをジト目で見つめている。

ともあれ、トラブルを起こさないようにしようという気持ちを否定するのもよくないので、誰もツッコめない。なんだか微妙な雰囲気の中、食事は続く。

昼食のあとは、先程伝えておいた通り自由行動だ。

ミーシャとピピはシルと一緒に遊ぶと言い、ドロテアさんも一緒についていった。

バルドーさんは珍しくどこでも自宅でゆっくりするらしく、自室へ。

俺はと言えば、リビングのソファでゴロゴロしながら、その向かい側のソファで同じくダラけているハルをぼんやり眺めている。そして、俺が寝転ぶソファーの横ではなぜかジジとアンナが、俺に膝枕する権利を争っている……。

いや、どういう状況⁉　幸せではあるけど！

アンナに膝枕してもらうシチュエーションが、ふと頭を過《よぎ》る。

悪くないかもなー……いや、必死に「膝枕は私の役目です！」なんて食い下がっているジジを見ると、頼めない。

そもそも今回の場合、俺から膝枕を頼んだわけではないんだけどね。

前回ジジに膝枕を頼んだことで、『俺がリビングで休む＝膝枕』というのが共通認識になってしまったようなのだ。

恥ずかしい状況ではあるものの、可愛い女子に膝枕をされたい気持ちは嘘《うそ》ではないから、否定しないけどさ。

そんなことを考えているうちに、どうやらアンナが折れたらしい。

ジジが俺の隣に座り、膝を差し出してくる。

「で、では！　テンマ様、どうぞ！」

ジジは緊張しているようで、俺もなんだかドキドキしてしまう。

でも、ジジの太腿に頭を乗せた瞬間、心が安らぐのを感じる。

そして段々と瞼が重くなっていく……。


目を覚ますと、部屋には夕日が差し込んでいた。

やはり、驚くほど疲れが取れている。

ジジの膝枕マジックやぁ～！

心の中で思わず叫んでしまう俺だった。

◇　◇　◇　◇

翌朝、俺らは馬車に揺られていた。

森からラソーエ男爵領の町までの道は、昨晩作っておいた。ラソーエ男爵領の近くには当然人が住んでいるので、夜の内に作業しておかねばならないんだよな。

そういった意味で、昨日の昼間しっかり寝られたのはよかった。

ちなみに作業しながら風景を眺めていたのだが、ラソーエ男爵領内は危険な魔物がほとんどいない農村地帯のようだ。町も、最早村と表現した方が適切なくらいに小さく、寂《さび》れていたし。

橋を渡り、森を進む。

とはいえ魔物の数は少ないようで、かなり快適。その数少ない魔物もシルがサクッと狩ってしまうので、ミーシャとピピはD研《どこ》に訓練しに行くことにしたようだ。

ドロテアさん、バルドーさん、アンナも特にやることがないからとどこでも自宅に戻ってしまった。

ハルもしばらくはシルと一緒に森の中で魔物を探していたが、五羽ほどのホロホロ鳥を狩ると、自分の役目は終わったとばかりにどこでも自宅に入ってしまう。

そんなこんなで、俺はのんびりジジと世間話をしながら馬車を走らせていた……が、突如、馬に乗った兵士が六人、目の前に立ちはだかる。

「そこの馬車、止まれぇー！」

最年長者であろう年配の兵士の言葉に従って、馬車を停める。

彼は、続けて聞いてくる。

「お前達は、この道を来たのか？」

「はい、そうです」

「この道はどこに続いている？　そして道中、他に誰か見なかったか？」

事前にラソーエ男爵にはロンダから道を繋げる旨を伝えてあったはず。

それを咎《とが》められているわけではないと考えると……誰かを探しているのかな？

不思議に思いつつも、俺は答える。

「この道はロンダ領に続いています。我々以外は誰も見ていません」

「本当に一日で道が出来ているなんて」とか「信じられん」といった兵士達の声が聞こえてくる。

ちょうどそんなタイミングで、得物を狩り終えたシルが草むらから出てきた。

すると、兵士達は途端にパニックに陥る。

臨戦態勢《りんせんたいせい》を取ろうとしているみたいだが……剣を抜こうとして上手く抜けない兵士や、馬から落ちる兵士までいる。

おいおい、本当にこれが兵士なのか？　あまりにも練度が低過ぎるだろ……。

俺は内心呆れながら、兵士達を制する。

「落ち着いて下さい！　それは私の従魔です」

シルは兵士達に目もくれず、御者台に飛び乗り、俺に甘えてくる。

俺がシルの首をわしゃわしゃ撫でていると、兵士達も安心したようだ。

「脅《おど》かすんじゃない！」

馬から落ちた若い兵士が文句を言ってきたけど……正直、アンタが驚き過ぎなんだって。

またしても呆れていると、最初に声をかけてきた年配の兵士が「よせっ！」と若い兵士を窘《たしな》める。

そして、俺に頭を下げてきた。

「すまんな。実は数日前に森の奥で何か起きたみたいで、魔物の数がかなり増えたんだ。それを討伐する際に熟練の兵士達が怪我《けが》をしてしまってな……。だから、彼らのような見習いが現場に赴くことになってしまったんだ。君達も数日前、すごく大きな音を耳にしなかったかい？」

それって、もしかしてドロテアさんの魔法のせいなんじゃ……。

いやいや、俺が見た感じラソーエ男爵領に向かっていたのは弱い魔物だけのはず。

しかも間引いたから、さほど数も多くなかったし……。

でも、兵士のレベルを見るに、『熟練の兵士』も俺の予想以上に弱いのかもしれない。

大失敗やぁ～！

俺は内心頭を抱えるのだった。

第10話　聖女アンナ

ラソーエ男爵領の兵士から魔物についての話を聞いてすぐ、俺はドロテアさんとバルドーさんに文字念話《チャット》を飛ばす。『緊急事態』の文言を添えて。

それと並行して状況を詳しく把握《はあく》するため、年配の兵士に質問する。

「魔物が増えたことで死んだ人はいませんか？」

「ああ、死者はいない。でも怪我人の中には兵士だけでなく住民もいる。それより、魔物の数が増えた原因に心当たりはないか？」

ひとまず死人が出ていなくて良かった。

怪我だったら、どれだけ重篤《じゅうとく》な状態でもポーションや回復魔法で治せるし。

それより、この質問に対して、どう答えるべきか。

原因について説明する責任はあるのだろう。だが、俺が話したところで、信じてもらえるのだろうか。

バルドーさんは有名人だし、社会的信用もある。彼の到着を待つべきかな。

そんなふうに迷っていると、年配の兵士が、槍《やり》を構える。

「どうやらその反応……何か知っているらしいな。悪いが、拘束させてもらうぞ！」

それを見て、シルが唸《うな》り声を上げ始めたので、俺は慌てて口を開く。

「シル、やめろ。え〜と、怪我人がいるならすべて我々が治療します。ただ、説明するのは少し待ってください！」

年配の兵士はどう判断するべきか迷っているようだ。

だが、馬に乗った若い兵士が三人、槍を手にして襲い掛かってくる。

「お前達が黒幕か！」

「よ、よせっ！」と慌てた声で年配の兵士が制止するが、若い兵士達は聞く耳を持たない。

たぶん彼らの攻撃を受けたところで、俺は傷一つ負わないだろう。

でも、万一俺を攻撃したあとにジジにまで襲いかかったら困るな。

仕方ない、闇《やみ》魔術のスタンで気絶させよう。

そう結論付けて二人をスタンで気絶させた。

だが、予想外なことにシルがそのうちの一人の脚に噛みついてしまう。

そんな一連の流れを見ていた見た他の若い兵士が襲い掛かってきたので、そいつらにもまとめてスタンを使う。それからシルにやめるよう言ったのだが……兵士の脚が、結構グロいことになっている。

年配の兵士が叫ぶ。

「きさまぁ！」

「魔法で気絶させただけだ。先にそこの兵士を治療させてくれ」

俺は努《つと》めて冷静にそう口にするが、年配の兵士は脚を噛まれた兵士を庇《かば》うように立ちはだかる。

「お前の従魔が怪我させたんだろうが！」

「その通りだが、説明すると言ったのに襲ってきたのはそっちの方でしょうが！　従魔が反撃したところで、正当防衛に当たるはずです。それよりまずは、治療の方が優先。俺は回復魔法が使えるから、診《み》せてください。あなたに彼が治せると言うのなら、話は別ですが」

年配の兵士も、こちらの言い分が正しいことを理解しているのだろう。

それでも気持ちの折り合いが付かないらしく、槍を持つ手がぶるぶると震えている。

ただ、問答をしているうちに治療が遅れ、取り返しがつかなくなったら……なんてことはないにせよ、足を生やすような治療はしたくない。騒ぎになりそうだし。

「何事ですかな？」

やっとバルドーさんが馬車から出てきた。

次いで、D研《どこ》にいた他のメンバーも出てくる。

もっと早くに来てくれればこうはならなかったっていうのに、あまりに呑気《のんき》な口調なので、俺は思わず怒鳴る。

「遅いですよ！　俺は緊急だと知らせたはずです！」

「申し訳ありません（ないのじゃ）」

俺の尋常でない様子を見て、バルドーさん、そしてドロテアさんが謝罪してきた。

だが今は説教をしている場合じゃない。

俺は言う。

「謝罪と反省はあとだ！　バルドーさんとドロテアさんは、ラソーエ男爵に話を取り次いでもらえるよう、そこの兵士を説得してください！」

二人が頷くのを見て、俺はアンナの方を向く。

「アンナは脚を怪我した兵士の治療をしてくれ」

「はい！」

「ハルはこの先の魔物の数を調査しろ！　ミーシャとシルはそのあとを追いつつ、魔物を討伐してくれ！」

ハルは珍しく文句も言わずに指示に従って飛んで行く。ミーシャとシルも走り出した。

はぁ……それにしても、だ。

指示を出し終えて冷静になると、自分がいかに甘かったのかを痛感する。

ドロテアさんの魔法によって、魔物が別のエリアへなだれ込んでしまったのは確かだ。でもその対処をしたのは俺。

安易に弱い魔物なら大丈夫だと、間違った判断をしたせいでこうなっているんだよなぁ。

そんなふうに自戒《じかい》しているうちに、脚を噛まれた兵士の治療を終えたアンナが、戻ってくる。

俺は言う。

「他の兵士はスタンで気絶させただけだが、落馬している。その際に怪我していないか診て、必要があれば治療してくれ！」

「お任せ下さい！」


それから少しして、ようやく説得も治療も終わった。

俺らは年配の兵士の先導で、急いでラソーエの町に向かう。

その道中、アンナにメイド服から、聖女っぽい服に着替えてもらうことにした。

アンナは若干難色を示したが、『これから怪我人の治療をお願いすることになるだろう。すぐさま治療師だと信用してもらうために、ちゃんとした格好をしてくれ』と説得した形だ。

そうして町に到着すると、俺らはそれぞれ分かれて行動する。

バルドーさん、ドロテアさん、アンナ、ジジはラソーエ男爵の館《やかた》へ。

バルドーさんとドロテアさんは男爵に説明と謝罪をする、アンナは館に集まっている怪我人を治療、ジジは館の前で炊《た》き出しと、それぞれ役割を与えた。

どうやら魔物のせいで食料も足りていないようなのだ。

そして残った俺とピピ、ミーシャ、シル、ハルは周囲の魔物を討伐しに向かった。

◇　◇　◇　◇

魔物の討伐を終え、ラソーエの町に戻る。

領主の館の前ではジジが食事を配っており、ドロテアさんとバルドーさんもその手伝いをしている。

そして少し離れた場所にいるアンナは……「聖女様！」と拝《おが》む人々に囲まれていた。

俺はジジのところに行き、尋ねる。

「大丈夫だった？」

「テンマ様、お疲れ様です。怪我人はアンナさんが全員治しました。私はずっと炊き出しをしていただけなので、細かいことはバルドーさんにお聞き下さい」

まだ俺以外の討伐組が戻ってきていないし、全員揃ってから話を聞けばいいか。それよりも、目の前の長蛇《ちょうだ》の列をどうにかする方が先な気もするし。

そう思い、ひとまずジジの手伝いをする。

ただ、町の人達から感謝の言葉を言われると、自分の失敗が招いたことなのでなんだか申し訳ない。


それから十分ぐらいして、ようやく列がはけたところで、討伐組が戻ってきた。

アンナはまだ住民に囲まれていて、何やら話し込んでいるようなので、あとで話を共有するか。

そう決め、アンナ以外の全員で協力して片づけを終えてから、俺は自分の想定が甘かったこと、そして先ほど感情的な物言いをしてしまったことを謝罪した。

するど、ドロテアさんも同じく頭を下げる。

「元はと言えば私が原因なのじゃ。みんな……すまないのじゃ！」

それを受けて、バルドーさんは頷く。

「今回は、様々な不幸が重なった結果だったようです」

バルドーさんはそれから、ラソーエ男爵から聞いた話を伝えてくれた。

町を襲った魔物は、ホーンラビットとフォレストウルフ。

数は多いものの、一体一体はさほど強くないため、普段であればここまでの被害は出ないはずだった。しかし、ラソーエ男爵が研修を高く評価していたために、比較的優秀な兵士をロンダへと送っていたらしい。

更にはコーバル子爵家から貰った賠償金を使って、領内を整備するべく隣の侯爵領から人を集めたのだが、それらを連れてくるために、護衛として残った兵士の大半を送っていたらしい。

新ルートを開発する旨はしっかり伝わっていたらしいので、バルドーさんはその作業の影響で魔物が移動してしまったと説明した上で、謝罪しておいてくれたとのこと。

もっとも、ラソーエ男爵も『この辺りに強い魔物は出ないし、兵士を減らしても問題ないだろう』と高《たか》をくっていたところがあったと反省しているようで、大きな問題にはならなかった。

いい形では収まったものの、俺とドロテアさんにはそれぞれ非があるので、二人で落ち込んでしまう。

それから、炊き出しの様子なんかを雑談がてらジジに聞いていると、ラソーエ男爵が兵士を連れてやってきた。

「ドロテア様、部屋を用意しましたので、本日は我が屋敷に泊まっていってください」

そんなふうに提案してくれたが、ドロテアさんは首を横に振る。

「いや、私はご迷惑をお掛けしたのじゃ。馬車で寝るので気にする必要はない！」

「いえいえ、道を作る旨は元々聞き及んでおりましたし、気になさる必要はございません。我々が油断していたのが悪いのです。それに怪我人はすべて聖女様に治療していただきましたから」

おうふ……アンナが聖女認定されてしまったようだ。

「ラソーエ男爵、何度も申し上げましたが、アンナは聖女ではありません」

そうバルドーさんが否定するが、ラソーエ男爵はそれを笑い飛ばす。

「ははっ！　良いじゃありませんか。あれほどの治癒《ちゆ》魔法が使える治療師は、初めて見ましたよ。ドロテア様の下には大賢者テックス様に、聖女アンナ様まで集《つど》う。ロンダは安泰《あんたい》でございますね」

そんなラソーエ男爵の発言に、先ほどまでしょぼくれていたドロテアさんが怒り出す。

「いい加減にせぬか！　私は今やただの魔術師ギルドの、ギルドメンバーじゃ！　そもそも大賢者テックスもアンナも、私の下にいる訳ではない！」

「はははは！　まあ、そうだとしても、利用しないのはもったいないですなぁ」

権力者は優秀な人材を自らの領地の益《えき》として見る。それに目くじらを立てるつもりはないが、それをこうもあからさまに言われると、さすがに不愉快《ふゆかい》だな。

ドロテアさんも同じように感じたのか、殺気立っている。

「ほう……ラソーエ殿は、我々を侮辱《ぶじょく》すると言うのじゃな」

「そんな、大げさな……」

たぶんラソーエ男爵は悪気があって言ったわけではないのだろう。それが貴族一般の考え方だってだけで。

……はぁ、他国の人間と関わるようになったら、こういうことが増えるんだろうなぁ。

そんなふうに内心辟易《へきえき》としていると、アンナがやってくる。

その後ろには、住民がわらわらと付いてきていた。

「さすが聖女様！　すでにこれほどまでに慕《した》われて――」

ラソーエ男爵は笑顔でそう口にするが、俺達が不快感を思い切り顔に出したため、口を噤《つぐ》んだ。

しかしもう遅い。俺は言う。

「我々は明日の朝一番で町を出ます。これ以上不愉快な話を聞きたくありませんので、馬車で寝泊まりいたします。お構いなく」

「お、お待ちください。そ、それでは、アルベルト殿に申し訳なく――」

「これ以上失言すれば、大賢者テックス様を含め、我々と敵対することになりますが、それでも泊まっていってほしいのですか？」

バルドーさん……顔こそ笑っているが、目が笑っていない。

平謝りするラソーエ男爵を横目に、俺はこれ以上何も起こらないことを祈るしかなかった。

第11話　ラソーエ男爵

全員で、馬車を停めたところまで歩いてきた。

だがその最中、住民がぞろぞろと付いてきて鬱陶しいことこの上なかった。

「町の外で野営する方が良さそうですよね？」

「その方が安全ですな。これでは落ち着いて食事を摂ることすら出来ませんし」

俺の言葉に、バルドーさんは住民を見て溜息を吐いてから、そう答える。

馬車に乗り、町の出口に向かうが、人を轢《ひ》かないよう気を付けねばならないせいで、ゆっくりとしか進めない。

「聖女様を出してくれ」なんて声がするが、キリがないので、無視。

そうして出口に着くと、門を警備していた兵士が声を掛けてくる。

「ど、どうかしましたか？」

バルドーさんが馬車を降りて、説明する。

「見ての通りの状況です。この町では気持ちが休まらないので、町の外で野営させていただきます」

「し、しかし！　外は危険です！」

必死に訴える兵士に、バルドーさんは乾いた笑いを返す。

「ははは、外の方が安全ですよ。すでに周辺の魔物は討伐しましたし」

「……領主様に確認してきますので、ここでお待ちください」

「我々が町を出ていくのを、止めるのですかな？」

バルドーさんは不機嫌を隠さずに、そう兵士に問いかけた。

「いや、ですが……」

それでも食い下がろうとする兵士に、バルドーさんは殺気を込めて言う。

「我々は外に行きたいと言っているのです。それとも拘束してでも止めますか⁉」

……だいぶイラついているようだ。

「い、いえ！　お通り下さい！」

兵士が道を空けてくれたので、町の外に出る。

さすがに住民は付いてこないが、「聖女を連れていくな！」という声が聞こえる。


五分くらい馬車を走らせて、草原に着いた。

周囲に人の目がないか確認してから、俺らは馬車の影にテーブルと椅子を出し、席に着く。

ジジとアンナがお茶の用意をしてくれたので、俺らはそれを飲みながらほっと一息ついた。

「最悪じゃったな。とはいえそんな事態を私が招いてしまったわけじゃが……」

少しして、ドロテアさんが疲れた顔でそう切り出した。

バルドーさんは、首を横に振る。

「いえ、それだけではありませんよ。比較的魔物が少ない領地とはいえ、最低限の準備をしておくのが領主の務めです。魔物の数が増えたと言っても、弱い種族ばかりですし。あまりにも情けない」

とはいえ、それに乗じて『そうだ、ラソーエ男爵が悪い！』と批判《ひはん》出来るほど、俺の神経は太くない。

「その通りかもしれないけど、俺ら側に非があったのも確かだ」と答えてから、俺は先ほど謝れていなかったアンナに頭を下げる。

「アンナにも迷惑を掛けたね。すまない！　こうして『聖女』として崇《あが》められるようになってしまったし……」

「いいえ、テンマ様の判断は間違ってはいませんでしたよ。この格好をしていたから、すぐに治療を始められましたし。さすがに聖女だなんだと持て囃《はや》してくるのは勘弁してほしいですけど」

ちなみに、どこでも自宅に戻ってくるや否やアンナはメイド服に着替えていた。

結構嫌だったのかもしれないな……。

アンナの言葉を聞いて、バルドーさんが怒り出す。

「あれもラソーエ男爵が、アンナの治癒魔法を見て言い出したんですよ。やめるように言ったのですが、聞き入れてくれなくて困りました」
　珍しくバルドーさんは本気で腹を立てているようだ。
「う～ん、聖女は困りますねぇ。噂が広がれば、彼女が狙われるなんてことにもなりかねません
し……」
　俺がうんうん唸っていると、バルドーさんが物騒なことを口にする。
「どうします？　ラソーエ男爵を追い詰めますか？」
「彼は自分の非を認めていないわけではないですし、我々に責任を押し付けようともしていません
から、追い詰めるのはやり過ぎじゃないですか？　ただ、ここまで損得でしか相手を見ていないこ
とが露骨に分かってしまうと、気持ちよく協力出来ないのは確かです」
「確かにそうじゃな。一般的な貴族の態度と言えばそうなのじゃが……しかし……」
　ドロテアさんも不満があるようだが、元々の原因が自分だからか、どこか歯切れが悪い。
　俺はふと思いついたことを口にする。
「バルドーさん、この先の中継地は確か、ラソーエ男爵領内の、ゴドウィン侯爵領との領境の付近
に作る予定でしたよね？」
「ええ。仕返しに、ゴドウィン公爵領に作りますか？　ラソーエ男爵は自領に作ってほしいとせっ
ついてきておりましたが、『実際にどのような場所なのかを確認してから』と保留していましたか
ら、問題ないはずです」
　苦笑いを浮かべつつ、俺は言う。

「仕返しではありませんよ。これだけ町が寂れていれば、商人がこの町に寄っても不便なだけじゃないかと思いましてね。もっとも、向こうの態度が悪くなければそれもこっちで整備しても良かったのですが……まぁ、そこまでする道理はないでしょう。もう橋を架けた時点で義理は果たしていますし」

「その通りですなぁ。人の出入りが増えれば、治安が悪くなる可能性もあります。それに対処出来る兵力だってありません」

そんなふうに、バルドーさんも理解してくれた。

「その通りじゃ。ロンダに作った中継地みたいにする必要はないのじゃ。なんでもしてくれると付け上がらせてはいかんのじゃ！」

ドロテアさんの調子も戻ってきたようだ。

俺は言う。

「というわけでバルドーさん、調整は任せました」

「お任せ下さい！」

今後の方針が決まったところで——

「さて、お腹が空いたし、夕食にしようか」

すると、真っ先にハルとシルが反応する。

『私も今日は頑張ったから、デザートが欲しいわ！』

『僕もー！　ホロホロ鳥のから揚《あ》げが食べたい！』

「分かったよ。ジジ、準備を――あっ、待ってくれ！　誰かがこちらへ向かっている！」

ふと地図スキルを使ったところ、こちらに向かって、何人か移動してきているのが分かったのだ。

ラソーエ男爵と、そのお付きの兵士ってところか？　もう目と鼻の先じゃないか。

『『そんなぁ～』』

シルとハルが、同時に悲しげな声を出した。

ちょうどそんなタイミングで、ラソーエ男爵が現れる。

「失礼します！　話を聞いてくださいませ！」

ドロテアさんが、低い声で返す。

「何か用か？　我々はこれから夕食じゃ。用事があるなら早くしてほしいのぉ」

「いえ、町の外は危険ですから、やはり屋敷の方にご招待したいと思い、お迎えに上がりました。ひとまず話だけでも！」

尚もそう言い募《つの》るラソーエ男爵に、バルドーさんが言う。

「門番にも言いましたが、周辺の魔物はすべて討伐したのでこの辺りは安全です。なんなら町中に『聖女を連れていくな』なんて叫ぶ輩がいることを考えると、町中の方がよっぽど危険でしょう」

男爵は驚愕の表情を浮かべ、後ろの兵士を見る。

しかしその兵士もそこまでの事態だとは知らなかったようで、首を横に振った。

「ですが……屋敷なら安全です！」

それでも必死に食い下がる男爵を、バルドーさんが露骨に拒絶する。

「信用出来ませんな。アンナを聖女と呼ぶのを何度もやめてくれと言ったのに、それを無視するような相手と一緒に過ごせと？」

「バルドーさん！」

俺はこれ以上揉め事が起きないように窘めたつもりだったが、完全にバルドーさんの怒りのスイッチが入ってしまっている。

中継地の話まで持ち出す。

「ああ、それと中継地の件ですが、町の様子を見る限り、ラソーエ男爵領には荷が重そうですね」

「そ、それは話が違いますよ！」

男爵は、声を荒らげて抗議した。

しかし、バルドーさんは煽《あお》るように言う。

「ほほう、人の話をまったく聞かないあなたが、『話が違う』と言いますか」

明らかに喧嘩腰だ。男爵は怒りでわなわなと震えているし……。

俺はもう一度、バルドーさんを制する。

「バルドーさん、言い過ぎです！」

「はっ、ですが――」

「不必要な揉め事は極力避けたいって、言いましたよね!?」

ラソーエ男爵の聞き分けのなさに本当にイラついてしまうのは分かる。

だが、揉め事はごめんだ。

「申し訳ありません」

バルドーさんが俺に謝罪したのを見て、男爵は一瞬目を見開き、そして考え込んでしまう。

なんだか気まずい沈黙が流れる。

俺はひとまずこの場を穏便に収めるため、頭を下げた。

「バルドーが失礼な物言いをしてしまい、申し訳ありません。しかし、中継地の話は本当です。町中を見ましたが、まだ商人のための宿泊施設は足りないし、中継地の警備に回せるほど兵士もいないみたいじゃないですか。そうなると――」

「従者の子供が口を挟むな！」

話の途中で、男爵と同行してきた兵士に怒鳴りつけられた。

俺は『またか……』みたいな気持ちになっただけだったのだが、周りのみんなが殺気立つ。

それに男爵も気付いたようで、兵士を怒鳴る。

「黙れ！　失礼なことを言うんじゃない！」

「し、しかし――」

「おい、こいつを捕縛《ほばく》しろ！」

さすがにそれは過剰じゃないか……？

他の兵士達も、驚きのあまり固まっているし。

それこそ大事になってしまいそうなので、俺は口を開く。

「ああ、すみません。私が挨拶《あいさつ》もせずに口を出したのが良くなかったですね。彼を責めないで下さい。私はテンマと申します。バルドーさんやドロテアさんと一緒に行動をさせてもらっています。あ、アンナは私の従者です」

すると、男爵は最後の一言に対して、驚いたように目を見開く。

あれ、なんか間違ったかな？

俺は首を傾げながらも、バルドーさんとドロテアさんに言う。

「改めて言います。バルドーさん、そしてドロテアさん、揉め事を増やさないようにしてくださいよ？　穏便に、平和に、です」

「それでは、私も口を出さぬのじゃ！」

「テンマ様がそうおっしゃるのであれば」

「寛大なご対応、助かります。おい！　テンマ様にお礼を言いなさい」

ラソーエ男爵は、兵士にそう指示する。

兵士は、戸惑《とまど》いながらも頭を下げる。

「あ、ありがとうございます。先ほどは失礼な物言いをしてしまい、申し訳ありませんでした」

それからも男爵は何度も謝罪して、町に戻っていった。

ようやく落ち着いた……ところで、バルドーさんから『テンマさんがテックスであると気付かれましたよ、たぶん』と指摘される。

思い返すと聖女と呼ばれたアンナを従者だと言ったのは失敗だったかも。

そのあとにバルドーさんとドロテアさんに注意したのも……いいや、考え過ぎないようにしよう。

第12話　異世界小話と二つ名

朝、明るくなる前にラソーエの町を出発した。

これ以上ラソーエ男爵と顔を合わせると、俺のことをテックスとして扱ってきかねない。

加えて、バルドーさんがあれほどキレる相手も珍しい。触らぬ神に祟りなし、である。

それを見越して、夜中に次の昼休憩をする予定の休憩所と、そこまでの道は作っておいた。

一刻も早く移動したかったので、道を作りがてら魔物の間引きも終わらせてある。

ミーシャが残念そうにしている……が、我慢してもらおう。どうせ王都に着いたら周辺のダンジョンでレベル上げを嫌と言うほどやってもらう予定だし。

これまでの道中、俺とジジ以外はD研《どこ》及びどこでも自宅内にいることが多かった。

だが、もうこれ以上怪しまれたくないので、ここからは全員こちら側にいてもらう。

そんなわけで、現在ドロテアさんとアンナは客車の中で休んでいて、俺とジジ、ピピが御者席に座り、ハルは近くをふわふわ飛んでいる。それ以外のメンバーは客車の上だ。

今はジジが馬を御してくれているので、ピピに話しかける。

「昨日の夜、寝る前にした、忍者の話は覚えているかい？　昨日『ピピもその物語に入りたーい』って言っていたよね？　それでお兄ちゃん、考えてきたんだ。ゲフン……ピピには、『ウサ耳のピピ』という二つ名を与える！」

「えー！　二つ名！　格好いい！」

目を輝《かがや》かせるピピに、俺は考えてきた設定を説明する。

「誰からも愛される人気者『ウサ耳のピピ』は、悪い代官や悪党の情報を集めるのが仕事。相手に気付かれず、秘《ひそ》かに情報を集める、エリート忍者なんだ！」

やはり印籠《いんろう》が印象的な時代劇の、くノ一キャラはピピだよね。

セクシーではないけど、それを補って余りある可愛さに溢《あふ》れているし。

「すごい！　……あ、でも、ピピはそれよりも『月の女神に代わってお仕置きよ！』の方が好き！」

ここ最近、前世のテレビ番組や物語をこの世界に合わせて作り替えた『異世界小話』を食事を摂りながらよく話していた。

最初はピピの『何かお話しして』というおねだりから始まったのだが、今ではみんなが楽しみにするようになってしまっている。

そんな中で、『悪いことはダメ』『人に優しく』など道徳的な教育にもなることにも気付いた。

これでちょっとはみんなの喧嘩っ早さがどうにかなればいいんだけど……。

それにしても、ピピは美少女ヒロインが好きなのかぁ。

よし、それをベースに戦隊モノの要素も盛り込んじゃえ。

「じゃあ、ピピのヒーロー名は『ウサ耳仮面ピンク』にしよう！」

「うん、それも大好き！」

はい、『大好き』いただきましたぁ！

近いうちに認識《にんしき》阻害《そがい》を付与した仮面を作って、ピンクのセーラー衣装も作ってあげよう！

そう考えていると、ハルが念話で話しかけてくる。

『ねえねえ、私も二つ名が欲しいわ！』

「うっかりハル兵衛《べえ》」

うん、我ながら最高の二つ名を付けたものだ！

『それは絶対にイヤよ！　食いしん坊で問題を起こす奴じゃない！』

しまったぁ～！　時代劇の話は知られているんだったぁ。

「でも食いしん坊だし、騒動の原因になることもしばしばじゃないか」

『イヤよ！　絶対にイヤァーーー！』

「分かったよ、ならヒーロー名は『ピクシー仮面イエロー』にしよう」

確か戦隊ヒーローの初代のイエローがぽっちゃり系の食いしん坊だったし、とは口にしないが。

『そ、それなら……って、なんでニヤニヤ笑っているのよ？』

くっ、珍しく勘が鋭いな。適当に誤魔化さねば。

「ほら、ピピとハルが仮面を着けたら可愛いだろうなぁ～と思ってさ」

『そ、そう!?　ならピクシー仮面イエローでいいわ！』

やはりハルはチョロい！

すると、シルが客車の上から念話を飛ばしてくる。

『ぼくはなにぃ？』

「シ、シルは毛並みが綺麗だからぁ……『白銀《しろがね》のシル』かなぁ」

『ぼくも仮面が付いてる方がいいのぉ！』

いやいや、仮面を着けてもすぐにバレるだろ！　とは思うが、きっと格好よさの問題だろう。

俺は少し考えてから、口を開く。

「そ、そうかい……ならヒーロー名は『白銀仮面シルバー』にしようか」

『うん、それはすきぃ～』

白銀とシルバーで色がややカブってしまっているが、納得してくれて良かった。

まあ、お遊びだからそこまでこだわる理由もないだろうし。

「私は？」

……なんでミーシャまで参戦してくるんだよ！

「……」

「私は？」

くぅ～、無言でやり過ごそうと思ったけどダメっぽい。

俺はまたも考えを巡らせ、答える。

「ミーシャは『フォックス仮面レッド』かな」

「二つ名は？」

いやいや、ヒーロー名だけで満足してくれよ！　そんなに次々と思いつくかぁ～！

そう内心で悲鳴を上げるも、ミーシャは食い下がってくる。

「二つ名は？」

「げ、幻影《げんえい》のミーシャ」

「どんな意味？」

「幻のような速い動きと剣捌《けんさば》きで敵を倒す者……とかどう？」

「むふう！」

はい、なんとか喜んでもらえましたぁ～。でも、もう勘弁してください！

これ考えるの、結構大変なんだからな！

だけど横から視線が注がれるのを感じる。

無視したいけど、なかなか目を逸らしてくれない。

諦めて横を向くと、ジジが期待に満ちたキラキラとした表情で、俺を見つめていた。

「ヒ、ヒーロー名は『プリンセス仮面ホワイト』で、二つ名は『純粋《ピュア》のジジ』とかどうかな？」

「どういった意味なんですか？」

「穢《けが》れなく、美しい心を持っていることを表しているんだ」

自分で言って恥ずかしくなる。

だが、ジジは満更でもなさそうで、頬に両手を当ててくねくねと体を捩《よじ》っている。

「そんなぁ～」

まぁ喜んでもらえたなら良かったよ。

そう安心していると、バルドーさんも顔を出す。

「もちろん私にも授けていただけるのですね？」

バルドーさんまで参戦してきたぁーーー！

俺は投げやりに言う。

「『微笑み仮面ブラック』と『両刀のバルドー』。いつも微笑んでいるので微笑み仮面、武と知を兼ね備えているから両刀。どうですか？」

「ほほう、両刀……私はてっきり……まあ、良いでしょう」

本当の意味はバルドーさんが想像している通りなはずだ。

……まぁ、ピピの手前、そうは言えないけど。

すると、ハルがまたしても声を上げる。

『ちょっとぉ！　有耶無耶《うやむや》にされていたけど、今のままじゃ私の二つ名は「うっかりハル兵衛」よね!?　変えなさい！』

「分かった、分かった。『レジェンドのハル兵衛』にしよう」

『なんで兵衛が付くのよぉ。ところで、レジェンドってどういう意味？』

「レジェンドは伝説だよ」

もういい加減にしてくれぇ～！　お遊びで付けた名前に対して、そんなに真剣に騒がないでよ！

そんな俺の祈りが通じたのか、ハルは満足げに頷く。

『そう、ならそれで良いわ』

「気に入ってくれて良かったよ、ハル兵衛」

『ちがーーーーう！』

俺に飛びかかってくるハルの頭を掴んで、周りの様子を窺うと……。

なんで名乗りとポージングの練習をしているんだよぉぉぉ！

近い将来、町中や王都で名乗りを上げるみんなの姿が目に浮かぶようで……やめてくれぇ！


結局休憩所に辿り着くまで魔物は大して出なかったが、精神が疲れ切ってしまった。

今も休憩所の端でピピとミーシャが名乗りとポージングの練習している。ハルとシルも念話で名乗りながら、ポーズを取っているし。

俺はそれを横目に、アイテムボックスからテーブルと椅子を出して、ジジやアンナと一緒に昼食の準備をする。

すると、戦隊ヒーローごっこに興味を示す者が、更に一人。

「ほぉ～、面白《おもしろ》いことをしているようじゃな」

まずい、一番の危険人物――ドロテアさんの興味を惹《ひ》いてしまった！

無視だ、無視するしかない！

そう思っていると、ドロテアさんがピピ達に近づいていく。

嫌な予感がするぅ～！


「みんな～、昼食の準備が出来たぞぉー」

俺の言葉を聞いて、全員がテーブルに着き、食事を始めた。

ドロテアさんが普段通り飯に夢中なのを見て、嫌な予感が外れたとホッとする。

しかし、そんなことはもちろんなく――

「テンマ、私の二つ名はなんじゃ？」

食事が一段落したタイミングで、ドロテアさんが面倒な要求をしてきた。

しかし、その話題を出されたらどうするかは、すでに決めてある。

「そ、それは、子供達だけの遊びで――」

「私も素敵な二つ名をいただきました」

バルドォォォォォォ！　わざとか⁉　わざとなのか⁉

そんなふうに心の中で叫びながら、バルドーさんを睨みつける。

でも彼は得意げな笑みをドロテアさんに向けているだけ。

本当に自慢したかっただけか。なら仕方ない……。

俺は溜息を吐いて、言う。

「ドロテアさんの二つ名は、少し考えさせて下さい……」

「なぜじゃ！　私だけ仲間外れか？」

そ、そんなに必死にならなくても。面倒臭いなぁ～。

「仮面の色は青に決めているのですが、ドロテアさんにはもっとこう……よく考えた二つ名を贈《おく》りたくて」

「そ、そうなのか。それなら仕方ないのじゃ。期待しておるぞ」

期待されても困るぅ～。思い浮かぶ単語は『暴走』『迷走』『爆破』などなど……どう考えても不機嫌になりそうな物ばかりだし。

とはいえ、どうにか先延ばしに出来たのはよかった。

なんて思っていると、服の裾が引っ張られる。

「私も二つ名、いただけるのですね？」

アンナ、お前もかぁーーー！

ふふふっ、なら付けてやろうじゃないかぁ！

「アンナのヒーロー名は『デア仮面ゴールド』。二つ名が『神の密使《みっし》アンナ』だね」

それを聞いて、アンナの額《ひたい》から汗が……プププッ。

「なんじゃ、アンナの名は良い響きじゃのう！」

「どういう意味なんでしょうか？」

なんでドロテアさんとバルドーさんが反応するんだよ。

俺は説明する。

「デアは女神を表す。なんてったって聖女だと崇められるくらいだし。で、それに関連して、神様から秘かに送り込まれた存在という意味の二つ名を付けたんだ」

「テンマ様は、アンナさんのことをそれほどまでに評価しているのですね」

そんなジジの言葉を、俺は人差し指を左右に振ることで否定する。

「チッチッチッ、それが少し違うんだ。実はアンナは神の眷属。神から密命を受けて、ヒーロー達を監視しているんだ。それどころか、場合によっては敵になるかもしれない」

「そ、そうなんですね……」

「少しこわいよ～」

ジジとピピが、それぞれ可愛らしく反応してくれた。

俺は続けて言う。

「ああ。でも一緒に行動することで、徐々に俺達の本当の仲間になっていくんだよ」

適当に俺のアンナの正体に対する推測も交えてみたが、結構面白そうな設定になった気がする。

……って、ええええ⁉　なんでアンナはそんなに真っ青な顔をしているの⁉

もしかして本当に、密命を受けていて、この世界を滅《ほろ》ぼしかねない……とか？

そう考えると、もしかして俺が彼女との仲を修復したのって結構ファインプレー⁉

内心戦慄《せんりつ》する俺に対して、ドロテアさんが言う。

「アンナが羨《うらや》ましいのじゃ！　早く私のも頼むのじゃ！」

期せずして、ドロテアさんのハードルが高くなってしまったぁーーー！

第13話　やっぱりやるのね

昼食を済ませて少し休憩したら、旅を再開する。

ここからは町に近いこともあり、道がすでにある。その幅を広げる作業をしながら進むので、大規模な魔法を使うわけではない。故に、隠すことなく魔法が使える。

そして折角なのでドロテアさんにも手伝ってもらうことにした。俺が広げた部分を舗装してもらうのだ。

相変わらず魔物はほとんど出てこないし、たとえ出てきてもシルがすぐさま狩ってくれるから作業ペースは結構いい感じ。

ミーシャとピピ、ハルは相変わらず客車の上で名乗りとポージングの練習をしている。

で、ドロテアさんはそれを羨ましそうに見ては、休憩の度に何度も催促《さいそく》してくるのだ。

うんざりした俺は、適当に二つ名を付けることにした。

「ドロテアさんのヒーロー名は『ウイザード仮面ブルー』、二つ名が『爆裂《ばくれつ》魔導師ドロテア』にします」

「ど、どんな意味があるのじゃ！」

「ウイザードは魔術師を表しています。爆裂はそのままですが……魔導師は魔術師を導く先生や師匠のことですね」

「最高じゃ！　さすがテンマじゃ！」

それっぽく説明したら、拍子抜けするほど簡単に納得してくれた。

ドロテアさんは、まだ休憩時間が残っているというのに、ミーシャ達のところへ走っていく。

……アクティブだなぁ。

「ほほう、私も参加しますかねぇ？」

そう口にしたバルドーさんと、そしてジジまでもが練習を見に行ってしまい、周囲に人がいなくなる。

すると、静かに近づいてきたアンナが声をかけてきた。

「テンマ様は、どこまで御存知なのですか？」

「全然知りませんよ。さっきだって、ただ物語のキャラ設定を話しただけですし。それにアンナが本当に何か密命を受けていたとしても、俺にはどうすることも出来ないでしょ？」

「そ、それは……」

アンナは困ったような表情を見せた。

俺は暗い話にならないよう、微笑む。

「神様の意図なんて推測したところで無駄なので、気にしないことにしました。仲間や家族に危害を加えられそうになったら話は別ですが……そんなことはしませんよね？」

「もちろんです！」

その答えを聞ければ十分だ。

アンナもホッとしたような表情になってくれて良かった。


結局休憩が終わってからは、俺一人で道を作ることになってしまった。

ドロテアさんが練習に参加して、戻って来なくなってしまったので、仕方がない。

そうして気付いたのだが、一人でやる方が、作業のペースは速いということ。

ドロテアさんのペースも見つつ進めていた結果、遅くなっていたらしい。


日が落ちる少し前に、領境の小川に到着した。

小川に木製の橋が架かっていたが、耐久性に不安アリだったので、幅の広い石造りの橋に架け直す。

そして、その橋を渡ってすぐのところに馬車を停めた。

「バルドーさん、中継地はこの辺りに作るのが良いですかね？」

「そうですなぁ。本当ならゴドウィン侯爵側と相談してからの方が良いのですが……ゴドウィン侯爵側の窓口は、この先にある町の代官をしているラコリナ子爵です。彼は優秀で温厚《おんこう》な方だと聞いています。事後報告でも問題ないでしょう」

それを聞いて、早速川で採取した石を使って外壁を造り始める。

もう外壁だけならあっという間に造れる。


完全に暗くなる前に、門以外を作り終えてしまった。

そんなタイミングで、馬車の辺りが何やら騒がしいことに気付く。

地図スキルで確認すると、馬車に三十人ぐらいの集団が近づいているではないか。

外壁に登って上から見ると、その集団が盗賊《とうぞく》であると分かる。

助けに行こうと思ったんだけど……ドロテアさんとミーシャ、ピピが馬車の上で仁王立《におうだ》ちしているのが目に入った。

ま、まさか……敵の前で名乗ったりポーズを取ったりしないよね!?

そう内心ドキドキしていると、盗賊らしき集団から三人が前に出てきた。

く、臭《くさ》そう！

しばらく体を洗っていないのか、離れていても臭《にお》ってきそうなぐらい、汚らしい姿をしている。

「おいおい、極上の女が何人もいるじゃねえか。それに珍しい従魔も連れてやがるぜ！」

三人のうち一人——斧《おの》を担いだ男が、厭《いや》らしい笑みを浮かべながら横にいる男にそう話しかける。

「久しぶりに楽しめそうですね。へへへ」

それに合わせて、盗賊達は全員、下品な笑い声を上げる。

「よう、抵抗しなければ優しくしてやるぜ。そこのジジイは用なしだから死んでもらうけどなぁ。

げへへへ！」

……こいつら、ただの馬鹿だ！　相手の実力が分からないのに、見下した態度を取るなんて……。

とはいえ、もしかすると盗賊達がべらぼうに強い可能性も考え、鑑定を使う。

うん、斧を担いだ男がCランクの冒険者ぐらいの実力で、その左右にいる二人はDランクぐらい、それ以外はEランクにも満たない、と。

「死にたい奴ばかりじゃのぉ」

ドロテアさんが相手を挑発するように口を開くと、斧を担いだ男がいきり立つ。

「なんだとぉ！」

しかし、ドロテアさんを制したのは、意外なことにピピだった。

「ダメ、お姉ちゃん！　折角練習したのに！」

「おぉ、これはすまないのじゃ」

そのやり取りを見て先頭の男は、にやりと笑う。

「お嬢ちゃん、何かやってくれるのかい？」

「うん、少し待ってて！」

「少しだけだよ。はははは！」

そのやり取りを後ろの男達も笑って見ている。

ああ、やっぱりやるのね……。

ピピが一歩前に出た。

「悪はぜったいにゆるさない！　ウサ耳仮面ピンク！」

う～ん、ちょっとポージングがカッコ悪いな。

「正義の剣で悪を討つ！　フォックス仮面レッド！」

ミーシャのポーズも微妙だ……。

『伝説の力で粛清《しゅくせい》よ！　レジェンド仮面イエロー！』

おっ、ハルの念話に盗賊達が驚いているぞ。

『ぼくの牙《きば》をうけてみろ！　白銀仮面シルバー！』

残念だけどシルの念話は、俺が作った魔導具を持っている相手にしか通じない。

相手からしてみたら、吠《ほ》えているようにしか聞こえないだろう。

「そしてすべての悪を爆裂魔法で粉砕する！　ウイザード仮面ブルー！」

ドロテアさん、その歳でそれはちょっと……。

「「『『悪が栄えたためしなし！　覚悟しろ！』』」」

なんか色々混ざってしまっているし、練度も低い。

うーん、チープな感じがして悲しいな。

「なかなか面白いじゃないか。でも、残念ながら悪は滅ばないんだぜ。ぎゃはははは！」

斧を担いだ男がそう言い、次いで後ろの男達も腹を抱えて笑い出す。

なんだか絵に描いたようなやられ役ムーブをしてくれているな……。

いや、そんなことよりドロテアさんが何かをやっている！　待って、待って!!

「愚か者どもめぇ、これを受けてみるのじゃーーーー！」

ドッゴーーーーーン！

ドロテアさんが放った火魔術で、盗賊達は一斉になぎ倒される。

だがよく見ると魔法は盗賊の後ろの草原に着弾しており、盗賊達はその衝撃を喰らっただけみたいだ。

「見たか、これがウイザード仮面ブルーの魔法じゃ！　武器を捨てて投降すれば、命だけは助けてやる。逃げようとしたら、灰にしてくれるわ！」

おいおい、どっちが悪役だよぉ〜。

前回の川で放った魔法に比べれば、随分と手加減しているとは思うけど……。

盗賊はただただ呆然としていて、逃げ出す気配もないから、結果オーライなのか？

そう思っていると、ピピとミーシャがドロテアさんに文句を言う。

「ドロテアお姉ちゃん！　ちがうよ〜！」

「最低！」

「何が違うのじゃ⁉」

「ド、ドロテア……」

斧を携えた盗賊は、ドロテアさんの名前を聞いて慌てて武器を投げ出す。それを見た他の盗賊も、武器を捨てる。

だが、当のドロテアさんは説教されている最中だ。

「こうげきを始めるのは、『月の女神に代わってお仕置きよ！』とピピが言ってからでしょ！」

「それから、殺さない程度に痛めつける」

「半分ぐらいたおしたら、ドロテアお姉ちゃんが『そろそろいいでしょう』と言うの！」

「そしたら『こちらにいるのは、英雄ドロテア様だ！』と正体をばらす」

「お姉ちゃんはぜんぜん分かってないの！」

「段取り忘れるの、重罪！」

そんなふうにピピとミーシャに交互に責められ、ドロテアさんはしゅんとしてしまう。

「す、すまんのじゃ……」

……なんだか、怯えている盗賊が気の毒《どく》に思えてくる。

とりあえず逃げ出されないように、よりカオスにならないように、盗賊には眠っていてもらおう！

俺は盗賊にスタンを使うのだった。

第14話　説教のお時間です

俺は壁の上から降り、ピピ達に近づいていく。

「みんな、いい加減にしろ！」

プンプンと怒っていたピピも、俺の雰囲気を見てまずいと思ったらしく、謝ってくる。

「お、お兄ちゃん、ごめんなさい」

ドロテアさんとミーシャも小さくなっている。

ともあれ、まずは目の前の事態をどうにかするのが先だろう。

「説教はあとだ！　盗賊を先に片付けるぞ！」

盗賊の馬車はアイテムボックスで収納して、先ほど造った壁の中に移動させる。

馬は全員で外壁の中に追い立てた。

外壁の内側に沿って石牢《いしろう》を造り、盗賊をその中に放り込んで、土魔術で入り口を塞《ふさ》いだ。

その際、盗賊があまりにも汚くて臭かったので、クリアの魔法で綺麗にしてやる。

最後に外壁に門を設置すると、門を閉じて壁内にテーブルと椅子を出して座る。

全員が座ったのを確認してから、口を開く。

「ピピ、以前話したのは、お兄ちゃんが考えた作り話だよ。分かっているよね？」

それにあんなグダグダのポージングや名乗りをするなど、情けない！

もっと……いやいや、そうじゃない！

ピピを危険な戦闘に参加させるのが、ダメなんだ！

「う、うん……」

「それを危険な盗賊相手に披露するなんて、信じられないよ！」

「ごめんなじゃ、ごめんな……グスン、わーん！」

あぁ、泣かしちゃったよぉ～。でも、叱るときには叱らないとね。

しかし、バルドーさんが口を挟んでくる。

「テンマ様、ピピやミーシャなら、あの程度の盗賊ごとき一捻《ひとひね》りで――」

「危険ではないからといって、八歳の子供に盗賊の相手をさせるんですか？」

「そ、それは……」

珍しくバルドーさんの額に、汗が浮かぶ。

俺は、続けて言う。

「ピピは八歳と思えないほど強くなったかもしれません。でも、その力を実戦で使わせるのはまだ早過ぎると思います」

「も、申し訳ございませんでした。ピピの才能に、舞い上がっていたようです。技術を教えるだけではなく、その使い方や使いどきも教える必要があると、今改めて感じました。そして、一番肝《かん》心《じん》なピピがまだ子供であることすら、私は考慮《こうりょ》出来ていなかったのですね……不徳の致すところです」

そんなふうに述べるバルドーさんに次いで、ピピが泣きながら、必死に謝ってくる。

「ご、ごめんにゃじゃい！　ごめんなざい!!」

しっかり危険だということさえ分かってくれれば問題ない。

俺は声を柔《やわ》らかくして言う。

「お兄ちゃんはピピが強くなってくれて嬉しい。けど、人を傷つけるようなことをしてほしくないんだ。もちろん、本当に自分の身に危険が迫ったら仕方がないけどね。今回はお姉ちゃん達に任せた方が良かったっていうのは分かるかな？」

「う、うん、ごめんなちゃい」

ウサ耳が垂れ下がっているのを見るに、本気で反省しているようだ。

「うん、それならもう大丈夫。悪いのはそれを放置した大人だからね」

「ご、ごめんなしゃーーい！」

ピピが抱き着いてくる。

俺はピピの尻尾《しっぽ》と耳を撫でながら、他のメンバーの顔を見回す。

さて、説教の必要な人はまだまだいる。

「ミーシャ、君はこんなことをするために、研修をしてきたの？」

「ご、ごめんなさい」

ミーシャのキツネ耳と尻尾も、垂れ下がっている。

「これから王都周辺のダンジョンで、レベル上げをする予定だったけど、ピピに悪影響を与えるなら、もう一緒に行動しないよ！」

素質や適性による検証をしたかったが、ピピのためなら諦めもつく。

しかしミーシャは、真剣な顔で首を大きく横に振る。

「絶対にもうしない。約束する！」

「分かった。ピピと一緒に遊ぶのは構わないけど、そのノリを戦いに持ち込まないようにしてくれ」

「うん、約束！」

ミーシャは、ホッとした表情を見せる。

横を見ると、すでにドロテアさんが地面に正座していた。

深刻な顔をしているから、自分が悪かったことは自覚しているようだな。

だが俺はドロテアさんから視線を外し、シルに視線を向ける。

「シルも、ダメだよ」

『ごめんなさい』

シルは実質的に一番年下になるから、軽く注意するだけでいいな。

「ハル兵衛も、言わなくても分かっているよね？」

『ちょっ――まあ、分かっているわ。これからは気を付けるから、その呼び方は勘弁してよぉ』

まぁ呼び名に関しては置いておくとして。納得してくれたから、良しとしよう。

俺は改めて全員を見回して、言う。

「これからも、きっと色々な問題が起こるだろう。でも、大事にならないよう、各自気を付けるように！」

『「「はい」」』

うん、注意した人はみんな、いい返事をしてくれたな。

胸を撫で下ろしていると、ドロテアさんの声がする。

「ま、待ってほしいのじゃ！」

しかし、俺はドロテアさんに手のひらを向けて制止する。

「ちょっと待って下さい！　絶対にそのまま動かないで！」

「そ、そんなぁ……」

ドロテアさんは悲しそうに呟いた。

俺はみんなにも言う。

「バルドーさん、五十騎ほどの騎馬が近づいてきています。警戒してください！　アンナはピピとジジと一緒にルームに入って！」

すると、ドロテアさんが立ち上がろうとしたので咎める。

「ドロテアさんは動かないでって、言いましたよね？」

「私も――」

「また、問題を起こすだけです。絶対に動かない！　何もしない！」

「わ、分かったのじゃ……」

ドロテアさんは悔しさと悲しさが入り混じったような表情を浮かべ、目に涙を浮かべながら正座し直す。

胸がちくりと痛んだが、これまでにやったことがやったことだ。

さっきだって、加減していたとはいえあれだけ大規模な魔法を撃ち込む必要はなかったわけだし。

俺は言う。

「門に向かいます！」


門の辺りに差し掛かると、ちょうど騎馬の軍団が門の前に到着したタイミングだったようで、「なんだこれは」「いつの間にこんな物が……」なんていう声が聞こえてくる。

俺は、外壁の上に飛び上がる。

門の外に集まっていたのは、馬に乗った騎士達。見た感じ、盗賊の仲間ではなさそうだ。

胸を撫で下ろしていると、先頭にいる年配の騎士が俺に気付いたようで、質問してくる。

「おい、そこの少年、これはなんだ？」

「答える前にそちらがどのような集団なのか、教えてもらえますか？」

「我々はこの先のラコリナの町の騎士団の者だ。この通り、ラコリナ子爵家の紋章《もんしょう》の入った装備を付けている。これで質問に答えてくれるかな？」

年配の騎士は、自分の防具の紋章を見せながら説明してくれた。

紋章なんか見ても分からん。でも、礼儀正しいし、他の騎士が油断なくこちらの様子を窺っているのを見るに、嘘をついているわけではなさそうだ。

俺は腰を折る。

「これは失礼しました。詳しく説明するので、中に入ってください。バルドーさん、門を開けてもらえますか？」

「了解しました」

「えっ⁉」

騎士は驚愕の表情を浮かべた。

そして門が開き、バルドーさんの姿を見ると、叫ぶ。

「バ、バルドー様！」

「おお、ザムザ殿ではないですか。お久しぶりです」

「お久しぶりです！　ロンダ准男爵から、バルドー様が来られるとは聞いておりましたが……まさかこんなタイミングでお会いできるとは……！」

良かったぁ、バルドーさんの知り合いみたいだ。

ただ、涙ぐんでいるってことは、ただの知り合いではないのかもしれないな。

ロンダの町から出るときに見送りに来た兵士達と、同じ香りを感じる。

まぁ、だからといって別に対応を変えるつもりもない。

「バルドーさん、彼らを中に招きましょう。その上で説明をしていただいてもいいですか？」

「はい、お任せください。ザムザ殿、説明をしますので中にお入りください」

「先ほどから、ザムザ殿だなんて余所余所《よそよそ》しいじゃないですか！　ザムザ、と呼び捨てにしてください！」

バルドーさんはその言葉を受けて微笑み、「公《おおやけ》の場ですから」と答え、中継地（仮）の中に入るよう促す。

これぞまさに、『微笑み仮面ブラック』って感じだ。

ザムザさんは少し涙ぐみながら、バルドーさんのあとを追うようにして、門を潜る。

彼がバルドーさんに向ける視線は、どことなく艶《つや》っぽい。

ああ、両刀のバルドーの一面まで出てしまったか……。

こうしてザムザを先頭に、兵士達は次々と中に入っていく。

そして、奥で正座するドロテアさんを見ると、一様にビクッと身を震わせる。

辺りは結構暗いから、ドロテアさんだとは分かっていないだろうが、土下座する女性をみればシンプルに驚くよなぁ。

騎士が全員中に入ると、門の閂《かんぬき》を閉めてドロテアさんのところに向かう。

さすがにこの状態を、ラコリナの騎士に見せ続けるのはまずい。

近づいて初めて分かったのだが、ドロテアさんは号泣していたようで、顔面が涙と鼻水ですごいことになっている。

これは絶対にまずい!

そう思った矢先に、ドロテアさんが叫んだ。

「テンミャヤア!　ゆるじでほじいのじゃーーーー!」

俺の足に縋りついてくるんじゃない!　ズボンに鼻水がぁーーーー!

第15話　自重していないな

「テンミャァ！　わだじをじゅてないでぇーーーー！」

はあ？　誰がそんなことを言ったよ！　ただ『大人しくしていてほしい』って伝えただけなのに！　バルドーさぁぁぁん、気の毒そうに見てないで、助けてぇーーーー！

これでは、俺が最低人間だと思われてしまう！

俺は慌てて笑みを作り、言う。

「な、何を言っているんですか、ドロテアさん。少し意地悪しただけじゃないですか！」

「ひょんとう？」

「はい、本当ですよ」

「よがっだのじゃ～！」

全然良くありません！　周囲の視線が痛いの！

そんなタイミングで、ジジ達がルームから出てきた。

恐らく、バルドーさんが念話で事情を伝えておいてくれたのだろう。

「ドロテアお姉ちゃん、どうしたの？」

「ピピィ～、私が悪かったのじゃ～」

そう言って、ドロテアさんはピピに抱き着く。

ピピは慰めるようにドロテアさんの背中を擦ってあげているけど……しゅ、修羅場《しゅらば》だぁ！

「ドロテア……様？」「この泣きじゃくっているのが？」「何をしたんだ？」なんて騎士達がひそひそと呟く声が聞こえてくるもの！

俺はバルドーさんの肩を突《つつ》く。

「バルドーさん、あちらの方で、彼らに説明しておいていただけませんか？」

「了解しました」

俺は今いる場所から離れた場所に、大きなテーブルと椅子をいくつか用意する。

バルドーさんがそちらに騎士団の皆さんを案内しているうちに、急いでみんなのところに戻ってくる。

そして声を潜めて、ドロテアさんに言う。

「これ以上問題を起こさないで下さい。あれではまるで私がドロテアさんを苛《いじ》めているみたいじゃないですか」

「あっ」

あっ、じゃないよぉ！

「お兄ちゃん、ピピが悪かったの。だからドロテアお姉ちゃんを許してあげて」

くぅ～、ピピに頼まれたらダメと言い辛《づら》いじゃないかぁ！

「ピピ……ありがとう。でも、悪いのは私なのじゃ。だから……ピピィ～！」

泣くんじゃない！　あんた本当に六十歳かぁ!?　もう、カオスだぁ！


しばらくして泣き疲れたドロテアさんとピピを強引に馬車の中に連れていき、どこでも自宅に放り込んで、あとはアンナに任せる。

面倒事がひとつ片付いて、ホッとする。……後回しにしただけとも言えるが。

そんなタイミングで、バルドーさんとザムザさんがこちらに歩いてきた。

「テンマ様、一通りこちらの事情は説明したのですが、ザムザ殿からも少しお話があるようなのでお連れしました」

バルドーさんはそう告げたあと、俺にだけ聞こえるように「本当はドロテア様にもご同席していただきたかったのですが……仕方ありませんね」と言う。

まぁ、ドロテアさんは話が出来る状態じゃないからなぁ。

「冒険者のテンマです。ドロテアさんとバルドーさんとは一緒に旅をさせていただいております」

「ザムザです。そちらの石牢の中に閉じ込めたという盗賊について、そしてこの一画についてお聞きしたい。バルドー様より、テンマ殿も一緒にお話をした方が良いと言われましたので、こうしてお呼び立てした次第です」

おうふ、お願いだから俺を目立たせないでぇ。

後ろの若い騎士も、不満気な顔をしているし……。

でも、確かに俺が話に参加しなければならない場面ではある。

「分かりました。こちらに座ってお話をしましょう」

俺はそれからジジに飲み物を用意してもらい、ミーシャやシル、ハルにはどこでも自宅に戻り、
アンナに晩ご飯を作ってもらうように頼み、先にドロテアさんも含めて食事を始めておくよう言う。

さっきまでバルドーさんと騎士団の皆さんが話し合いをしていたテーブルの方に行き、腰を下ろす。

すると、すぐさまジジがお茶を目の前に置いてくれた。

……ザムザさんの後ろの若者が、ずっとジジを目で追いかけていないか!? ムカつく！

ジジは馬車の方へ戻っていくが、その背中を名残惜《なごりお》しそうに見ているし！

ともあれ、このような場でそれを指摘するのもなんだかなぁって感じなので、我慢する。

まず、バルドーさんがザムザさんと話したことを大まかに説明してくれた。

騎士団の彼らは、最近領内を荒らしまわっている盗賊団を捕縛もしくは討伐するつもりで、この場所から比較的近い村に滞在していたらしい。そんな中、聞いたことのない轟音《ごうおん》が聞こえ、土煙《つちけむり》と火が上がっているのが見えたため、急いでこちらに向かってきた、ということらしい。

「ご、ごめんなさい」

説明を聞いて、我々のせいで彼らに大変な思いをさせたと思い、謝罪する。

しかし、ザムザさんは首を横に振る。

「いえ、謝るべきは我々の方です。実はドロテア様ご一行がこちらに到着されるまでに、盗賊の討伐をしておくよう、ラコリナ子爵に命じられていたのです。それなのに皆様が盗賊に襲われ、それどころか捕まえておいてくださっただなんて……」

グダグダ戦隊による悪ふざけの結果ですよ……と言える空気ではないので、誤魔化すようにお茶を口に含む。

「それで盗賊の扱いなんですが、ザムザ殿に身柄を引き渡すのには賛成です。ただ懸賞金と盗賊が持っていた金品はどうしましょうか？」

バルドーさんの質問に、俺は迷うことなく答える。

「騎士団にすべて譲《ゆず》りましょう。被害者に返すとなると面倒そうですし」

すると、それを聞いていたザムザさんが声を上げる。

「よろしいのですか？　盗賊から取り戻した金品の所有権は、討伐や捕縛した人にあります。被害者に返すとしても、半値ほどで買い戻すのが一般的ですし」

う～ん、やっぱり手続きが面倒そうだ。

おっ、それなら良い案があるぞ。

「騎士団が盗賊を捕縛したことにしましょう！　その代わり、あとの処理はお任せしても良いですか？」

「「「えっ」」」

あれ、皆さん驚いた顔をしてる？

バルドーさんが代表して尋ねてくる。

「テンマ様、それは金品だけでなく、捕縛の功績まで譲るということですか？」

「その通りですよ。だって功績なんて要《い》りませんし」

俺の答えを聞き、バルドーさんは少し考えてから口を開く。

「ふむ、確かにその通りですな。我々に今更功績など必要ありませんね。むしろ面倒事を引き受けてもらう方が良いでしょう」

「でしょ！」

バルドーさんと頷き合っていると、ザムザさんが慌てたように割り込んでくる。

「お、お待ちください。ドロテア様の判断を待たなくともよろしいのですか⁉」

「あぁ、それは問題ありませんよ」

いつものノリで軽く答えると、若い騎士が叫ぶ。

「おい、従者が勝手に判断するんじゃない！」

「えっ、従者？」

俺は思わずたじろぐ。

おお、コイツは俺のことを従者だと思っていたのかぁ。

先ほどのドロテアさんとのやり取りを見られて失敗したかなと思っていたけど、それでもそう思ってもらえているのなら、むしろ良かった。

「誰が従者ですと⁉　失礼ですぞ！」

いやいやバルドーさん、喜んで受け入れようよぉ。

彼の言葉を受けて、若い騎士の顔色が悪くなる。

そこに、ザムザさんが追い打ちをかける。

「おい、失礼なことを言うな！　テンマ様、お許しください」

なんでさっきまで『殿』呼びだったのに、ザムザさんまで様付けするのぉぉぉ!?

「え～と、許すから、俺がドロテアさんの従者だということにしてくれないかな？」

俺がそう聞くも、ザムザさんは首を横に振る。

「それは……ドロテア様がテンマ様に縋りついて許しを請《こ》う姿を見た以上、無理です！」

「もう、バルドーさんが余計なことを言わなければ、従者だっていう体《てい》で話を進められたのに！

ついでにバルドーさんも、今後は俺のことは呼び捨てにしてください！」

「それは出来ません。主として仕えているテンマ様を呼び捨てにするなど、言語道断《ごんごどうだん》！」

「あ、あるじ……」

ほらぁ～、またしてもザムザさんが驚いているじゃん！

「目立たないようにするためにも、お願いします！」

両手を合せて頼んでみるが、バルドーさんは呆れたように言う。

「もう手遅れでございます。ラソーエ男爵も気付いていたようだし、ロンダでも気付いていない人はいませんでしたよ？」

なんでこうなっちゃうかなぁ～？　結局どこに行っても目立っている気がする。

確かに油断しまくってはいたが、まったく隠せていなかったとは。

それでも食い下がってみる。

「そうだとしても、隠す努力はしましょうよ」

「もちろん私は努力しております。ですが、それこそテンマ様がドロテア様に縋りつかれている姿を見られてしまえば、もうどうしようもないでしょう」

そうですよねぇ〜。

言い訳すら出来なくなり、諦める俺だった。

第16話　二人の関係は？

さて、もう面倒臭くなってきたし、話をまとめますか。

「では、そういうことでお願いします」

「テンマ様、それではまったく意味が分かりません！」

そうだよねぇ〜。バルドーさんの突っ込みは当然だと思う。

俺自身どうすれば良いか分かっていないわけだし。

俺は頭の中を整理し直す。

「え～と、盗賊の件は、先ほど提案した方向でお願いします」

「そ、それは……ラコリナ子爵に確認してからのお返事で構いませんか？」

ザムザさんは、困ったような表情でそう答えた。

確かに、勝手に手柄を横取りしたという形になったら、問題だもんね。

「それで構いません。ただし、我々が捕縛したことは内密にしてください。今更かもしれませんが、我々は極力目立たないようにしたいのです」

「はっ、了解しました」

ザムザさんは姿勢を正して、そう答えてくれた。

「それと、ここでは何もおかしなことは起こらなかった、そういうことにしてください」

「ククク、確かにドロテア様があんな姿を晒《さら》していたと吹聴《ふいちょう》されたらよろしくありませんねぇ」

最初ザムザさんは、何を無かったことにするのか分かっていないようで戸惑った表情をしていた。しかし、次いでバルドーさんの言葉を聞いたことでドロテアさんが号泣していたことだと理解したらしい。納得顔で頷いている。

あとは……何かあったかな？

「う～ん、ラコリナの町に向かうより、数日はこの場所で滞在した方がいいですよね。なぜか人が多いところに行くとトラブルが起きるし、ドロテアさんがまた暴走して魔法を使ったら、ラコリナの町が消滅《しょうめつ》しかねませんし……」

「さすがにドロテア様でもそこまではしないと思います……が、ここ数日で二回も非常識な威力の魔法を使ったことを考えると、杞憂《きゆう》だと言い切れないところが辛いですな」

そんな俺とバルドーさんとの会話を聞いて、ザムザさんをはじめ、騎士団の方々の顔が青くなる。

「まぁそんなわけで、ここで見たことは口外無用ということでお願いしますね」

「お、お任せください！　全員に箝口令《かんこうれい》を出し、口外した者には厳罰を与えます！」

いやいや、厳罰を科す必要はないから。

「テンマ様は脅すのも上手ですなぁ、ハハハハ！」

バルドーさん、人聞きの悪いことを言わないで下さい！

あ、でも今回は本当に脅したような形になってしまったのかな？

そう考えていると、ザムザさんがいやに下から聞いてくる。

「か、可能でしたら教えていただきたいのですが、よろしいでしょうか？」

「はい、なんでしょうか？」

「この場所についてお聞きしたく……主であるラコリナ子爵から、テックス様ご一行に領内の道の整備をしていただくことについては、聞いておりました。ですがこのような外壁で囲まれた施設を作られるというのは初耳です。説明していただけないでしょうか？」

バルドーさんに視線を向けると、意図を汲《く》んで、これまでの経緯を説明してくれる。

「ラソーエ男爵様が、中継地を自領に作ってほしいと結構な熱量で仰《おっしゃ》られていたと聞き及んでいたのですが……」

ザムザさんは困惑した表情でそう呟いた。

それを聞き、バルドーさんは付け加える。

「そのことは私も認識しております。ですが中継地を作る場所については最終的に現地を見てから判断することになっていました。今お話ししたのと同様の話を、すでにラソーエ男爵には伝えています。納得しているかは別ですがね」

ただ、ラコリナ子爵側に報告する前に中継地を作ったのは確かだ。

俺はそれについて軽く謝罪しつつ言う。

「ラコリナ子爵にこのことをお伝えいただけますと助かります。問題があれば、すぐにでも撤去出来ますから」

部品ごとに収納すればいいだけだし、時間はさほどかからないはず。

あ、折角ならアイテムボックスに中継地ごと収納出来ないか試すのもアリかも。

そう考えていると、ザムザさんは頷く。

「了解しました。報告しておきます」

さて、話しておかねばならないことは概《おおむ》ね話し終えたかな。

俺は騎士団の皆さんに食事を提供することにした。

本来であれば、全員を食事に招待したかったのだが、それは現実的ではないので、ザムザさんと若い騎士二人だけ一緒に食事しないか誘う。

俺とバルドーさんとその三人で机を囲み、交友を深めようという意図だ。

他の騎士には薪《まき》とホーンラビットの串焼き、パンを渡しておこう。

騎士の皆さんが食事をしている場所からやや離れたところに、俺が新たにテーブルを出すと、すぐにジジが給仕を始めてくれた。

食事が始まると、ザムザさんはバルドーさんに熱い視線を向けながら話を振る。

俺は二人の関係が気になり、食事を口に運びながら会話を盗み聞きする。

「町に来たら、妻と子供を紹介させてください」

「ほほう、ザムザ殿も幸せな家庭を築いているのですねぇ」

なんですとぉー！　それはどういうことなんだ？　え、ザムザさんも両刀なの⁉

いやいや、バルドーさんが単に憧れの存在だっただけ？

くっ、確認したいけど、そんなこと聞けるかぁーーー！

そんなふうにモヤモヤしていると、若い騎士の一人が皿を下げるジジをジッと見つめているのに気付いた。

ジジもその視線に気付いたようで、困ったような顔をしてこちらを見てくる。

「おい、ジジをそんなふうに見るんじゃない！」

思わず俺がそう口にすると、その騎士は慌てて頭を下げる。

「えっ、あっ、申し訳ありません！」

バルドーさんとザムザさんも会話を止めて、こちらの様子を窺っている。

ジジは俺の後ろに隠れると、俺の服の裾を摘《つ》まんできた。

「何をしている！」

ザムザさんが焦ったように、若い騎士に尋ねた。

「わ、私はそこのウサギ獣人のお嬢さんが可愛いなと思って……」

「ほう、テンマ様の大切なジジに、失礼な視線を向けたのですね？」

待って！　その言い方は恥ずかしいからぁ！

バルドーさんの言葉を受け、ザムザさんは顔を青くしているが、俺は真っ赤になってしまう。

ジジが裾を掴む力が、少しだけ強くなった気がする……？

「申し訳ありません。この者は嫁《よめ》がウサギ獣人なのです」

そうザムザさんが騎士を庇ったが……嫁がいてもジジをジロジロ見ていい理由にはならない。

「嫁がいるのに、俺の大切なジジを変な目で見たのか！」

あっ、大切な家族と言うつもりが、恥ずかしい言い方をしてしまった！

更に顔が熱くなる。

若い騎士は、心底申し訳なさそうな表情になり、口を開く。

「も、申し訳ありません。私の八歳の娘の雰囲気が、そちらのお嬢さんに似ていたのです。『娘がもう少し成長したらこんな感じになるのかな』と想像してしまい、思わず視線が……。決して変な意図で彼女を見ていたのではないのです！」

えっ、ええええ、そんな理由なら先に言ってよね！　なんだか俺の心が狭いみたいじゃん！

「いや、まあ、そ、そういうことなら……」

俺がもごもごとそう口にしているのを横目に、バルドーさんは眉間《みけん》に皺《しわ》を寄せる。

「テンマ様はジジを一番大切にしていますから。それに理由はどうあれ無遠慮に異性を見るのはいただけませんねぇ」

その表現もやめて下さ～い！

「テンマ様、申し訳ありません。我々はこの二十日ほど盗賊を追いかけていたので、こいつも家族に会えなくて寂しかったのだと思います。どうか、今回だけはお許しください！」

眉根を寄せてそう口にするザムザさんに、俺は言う。

「いえ、少しジジが困っているようだったので、口調が強くなってしまいました。しかもそういった理由なら仕方ありませんしね。今日は疲れたのでもう休みます。ジジ、行こう！」

「はい、テンマ様！」


あまりにも気まずくて逃げるようにその場をあとにしてしまった。

それから、馬車の中でジジに膝枕されている間に寝てしまう。

夜中に目を覚ますと、シルとハル、そしてジジまで一緒に寝ていて、なんだか恥ずかしくなってしまった。

それから俺は作業に出掛け、朝方に戻ってきたのだが……地図スキルでバルドーさんとザムザさんが一緒に寝ていることを知り、また混乱してしまうのだった。

第17話　魔術封印？　遊びは本気で！

スッキリした顔のバルドーさんと一緒に、ラコリナ子爵の騎士団が出発するのを見送りに行く。

「あの、昨日来たときと比べて道が綺麗になっているのですが？」

少し疲れた顔をしているザムザさんが、そう聞いてきた。

俺の代わりに、バルドーさんが答える。

「テックス様が夜中に整備されたのだと思います。たぶん、ラコリナの町への道はすべて整備が終わっているのではないでしょうか」

「そ、そうですか。テ、テックス殿はすごいお方なんですね」

感心するザムザさんと視線が合わないよう明後日《あさって》の方向を向き、俺は「ソウデスネェ」と口にする。

……あまり突っ込んで聞かないでほしい。

ともあれ、ザムザさんはそれ以上この件について深掘りすることなく、「そ、それでは子爵に、テックス殿の意向を伝えておきます」と残して盗賊護送用の馬車を引き連れて出発した。

ちなみに護送用の馬車は夜中に作っておいて、テックスが用意したと説明して貸し出した物だ。

「テンマ様、どんどん露骨になっていますね？」

「ソ、ソンナコトナイデスヨ」

俺の返事に溜息を吐くバルドーさん。

自重していないのはテックスだから、俺には関係ない。

それに、配慮していないのは俺だけじゃないと主張したいところだ。

「それより今日はゆっくりしよう！」

俺はそう高らかに宣言すると、外壁の門を閉め、どこでも自宅へ向かうのだった。

◇　◇　◇　◇

バルドーさんとどこでも自宅のリビングに到着すると、ドロテアさんがソファの上で正座して待っていた。

しっかし、正座の好きな人だなぁ。

「テンマ、私は今度こそ反省したのじゃ。私はテンマが許すと言うまで魔術を封印するのじゃ！」

「許す！」

面倒臭いので一言で片づけると、ドロテアさんは「なっ！」と声を上げ、固まってしまった。

俺はそれをスルーしてソファーに座る。

「ジジ、お茶をお願い」

「はい」

「えっ、ドロテアさんもお茶が欲しいんですか？　ジジ、ドロテアさんの分もお願いね」

「ま、待つのじゃ！」

「違うのじゃーーーーー！」

なぜかドロテアさんが一人でヒートアップしている。

しょうがない、話を聞いてやろう。

「どうしました？」

「私は反省して、魔術を封印すると言っておるのじゃぞ⁉」

「ええ、聞きましたよ。俺が許すと言うまで封印するんですよね？」

「そうじゃ！」

「だから俺が許した今、もう魔法は使えるはずです」

「それでは反省にならぬではないかぁ〜！」

ドロテアさんはそう言いながら、地面に仰向けに転がり、ジタバタする。

この人、益々幼児化が進んでいないか？

アニメで言うところの、三頭身キャラに見えてきた。

俺は内心頭を抱えながら、聞く。

「え〜と、ドロテアさんから魔術を取ったら、何が残りますか？」

「な、何が残る……？」

ドロテアさんは、仰向けのまま天井を見つめる。

「テンマ様、そこを追及したら可哀想です」

うおう、バルドーさん、辛辣《しんらつ》ぅ！

「か、可哀想じゃと！　それでは魔術を使えない私は役立たずだとでも言うのか⁉」

あぁ、結局自分で言っちゃったよ……。

俺だけでなく、ドロテアさん以外が黙り込む。

「わ、私は魔術がなければ何も残らない。みんながそう思っているのじゃな⁉」

ドロテアさんが全員の顔を順番に見回すが、誰もが目を逸らしてしまう。

さすがに可哀想かなぁと思い、俺は適当にフォローする。

「そ、そんなことは無いですよ」

「テンマ、本当か？　だったら私には何が残るのじゃ⁉」

えっ、掘り下げてくるの？

「え、え〜と、……年齢とわがまま？」

「あとオッパイものこるの〜」

俺に続いて、追い打ちをかけるようにピピが言い放った。

「テ、テンミャャ！」

「あっ、あと泣き虫かな？」

泣きそうになったのを見て、更に追い打ちをかけてしまった。

まあ、そのおかげで涙が引っ込んだけど。

ドロテアさんの顔は真っ赤な状態から、真っ青、やがて真っ白へと順を追って変化していく。

そして目のハイライトが消えたと思えば、その奥に狂気が宿る。

これはまずい！

「ほら、ドロテアさんには魔術で助けてほしいと思っているんですよ。昨日も道を均してくれていましたし、土魔術は天才と言えるほどの成長を見せているじゃないですか！」

「そうじゃ！　私は魔術の天才だから、封印するのはもったいないのじゃ！」

チョロ過ぎる。反省はどこにいったんだ。

そこで、俺はあることを閃《ひらめ》く。

「そうですよね。ただ、もっと天才になるために使う魔法に制限をかけるっていうのはどうです？土魔術は好きに使っていいですが、それ以外は初級魔法だけとか」

「それがどんな訓練になるのじゃ？」

「初級魔法を上手く使いこなせれば、上級魔法だって上手く扱えるようになります。故に、初級魔法を極めてこそ、真の大魔導師・賢者になれるのです」

それを聞いて、驚くほどドロテアさんの表情が明るくなる。

ドロテアさんがやる気を出すと危険だ。これまでの経験からそれを痛いほど学んだはずなのに、なぜ俺は焚《た》きつけるようなことを言ってしまったんだ……！

「テンマ、ラコリナまでの道の整備は私に任せるのじゃ！　襲い掛かってくる魔物も初級魔法で倒すのじゃ。フンヌッ！」

気合を入れてソファの上に立ち上がった、三頭身ドロテアさん。

しかし、すでにラコリナの町までの道は完成している。

バルドーさんの方を向くが、目を逸らされてしまう。

うっ、どうしよう……。

三頭身ドロテアが暴走すると手が付けられなくなる。

やるべきことを与えておけば比較的大人しいから、仕事を用意しなければ……。

必死に考えたが、良い案は思いつかない。だから、次の目的地へ向かうのを先延ばしにすることにした。

「あっ、でもこの場所もロンダ内の中継地と同様、整備するよ。だからここを出るのはそれを終えてからだ」

「それなら、整地も私に任せるのじゃ！」

まぁこの場所には俺達しかいないし、大きな問題は起きないだろう。たぶん……。

◇　◇　◇　◇

翌日、早速中継地の整備を始める。

道になる部分に目印をつけておくと、三頭身ドロテアが走り回り、道路を完成させていく。

その手際は予想以上に良く、むしろ俺が建物を建てるのを急かされてしまうほどだ。

しかし、今度はピピとミーシャが暴走する。

ドロテアさんを含む三人に更にシルとハルが合流し、建物の屋上を飛び回りながら、グダグダ戦隊ごっこを始めてしまったのだ。

なんだか目の錯覚《さっかく》か、ピピとミーシャまで三頭身に見えてしまう。

まあピピは、元々三頭身に近かった気がするが……。

注意しようかとも思ったが、他に人もいないし、放置することにした。

そして休憩がてら、その様子を見る。

まずピピが、ポージングと名乗りを始めた。

ダメダメだね！　ポージングが中途半端で、イライラする。

……ああ、もう！　腕が……いや脚が……もう、我慢ならん！

「ピピ！　ポージングがなっていない！」

「お、お兄ちゃん……？　どこがダメなの？」

「遊びとはいえ、本気でやるんだ！　そんな中途半端なポージングは絶対にダメ！　ピピの可愛さを表現しつつ、格好良さもアピールしなきゃ！　お兄ちゃんは、納得出来ない！」

俺の熱量に、ジジやバルドーさんが驚いているのが視界に入るが、こうなったら止まらない。

「ピピ、よく聞くんだ！　まず右手を上げ、左手は腰に！　そして一回転して手を叩く。それから、『悪は絶対に許さない！』と叫ぶんだ！　右手で相手を指差しながらだぞ。そして、『ウサミミィー』と口にしながらウサミミを両手で掴みつつ回転。一周したら『仮面ピンク！』と言いつつ目元で片手横ピース！　それだけじゃないぞ。しっかりとウサ尻尾を突き出すんだ！　よし、通しで一回やってみろ！」

「は、はい！」

ピピは元気よく返事してくれた。

俺は正面に座り、真剣な眼差しでピピを見つめる。

「悪は絶対に許さない！　ウサミミィーー、仮面ピンク！」

「「「おおお」」」

周囲から、驚きの声が上がる。

俺は顎に手をやりながら言う。

「う～ん、まだ60点だな。もうちょっと可愛い声でセリフが言えて、動きのキレが良くなれば、完璧だ。あとはひたすら練習あるのみ！」

「はい！」

ピピは嬉しそうに横ピースしながらそう返事してくれた。

うっ、不意打ち横ピースは俺に効く……！

俺はそれから、ミーシャやドロテアさんにもポージングの指導をするのだった。

第2章

王都へ

I became the strongest in another world
in the tutorial during my lifetime.

第1話　妖精の守り人《ピクシーガーディアン》

俺は、この世界に来て最大の難問に頭を悩ませていた。

手には目を隠すタイプのピンクの仮面が握られている。

そう、最大の難問とは、この仮面に如何にして装着者を三頭身にする効果を付与するかということである。認識阻害の効果はすでに備わっているが、こちらだけはどうしても難しい。

いや、本当に姿が変わらなくても、闇魔術で見る者の精神に干渉してそう誤認させる……いや、無理だぁ！　三頭身キャラという概念自体を知らないこの世界の人間には、通じない！

仕方ない。一旦この件は保留するとして、先に衣装や魔導具を作ろう。

そう、『本気でやれ』と言った以上、衣装と変身するための魔導具は必須！　というわけで、今俺はそれをせかせかと作っているのである。

さてさて、どんなデザインにしようか……。

◇　◇　◇　◇

翌朝、朝食を手早く済ませたあと、ピピのポージングを確認する。

ちなみに周りには他のヒーローごっこ組と、ジジもいる。

「悪は絶対に許さない！　ウサミミィーーー、仮面ピンク！」

うん、昨日よりキレが増していて、カッコ可愛い！

「やはり、セリフにピョンを付けたいな。でも、それによって格好良さが損なわれるか……？」

ブツブツと呟いていると、ピピが駆け寄ってくる。

「お、お兄ちゃん。どうだった？」

「ああ、練習の成果が出ていて、とても良かったよ。頑張ったご褒美に、ピピにはこれを授けよう」

俺はそう言って、アイテムボックスから、ハート形のピンクの宝石がついた腕輪を出す。

「これは変身ベルト……もとい、プリティビースト戦隊の祈りの腕輪《チェンジブレアー》だ！」

「チェ、チェンジブレアー!?」

ピピはキラキラした目で、腕輪を見つめている。

「こうやって腕に着けると……中に衣装が入っているのが分かる？」

「えっ、う、うん、分かるのぉ～」

コクコクと頭を縦に振ってピピは答えてくれるけど、視線は腕輪に集中している。

「いいかい、胸の前辺りで腕輪を着けた方の手の拳を握り、中の衣装に意識を集中して『トラジション』と唱えるんだ！」

「とらじしょん！」

ピピが唱えると、腕輪の宝石がピンクに輝く。

やがて光が収まると、そこにはピンクの仮面とピンクが随所にあしらわれたセーラー服を装着したピピがいた。

ピピ以外のメンバーが、歓声を上げる。

「「「おおお!!」」」

大きな鏡を出してやると、ピピは自分の姿を確認して喜ぶ。

「す、すごいの！　すごいのぉ～！」

嬉しそうに飛び跳ねる姿が、大層可愛らしい。

「「「私のは!?」」」

みんなが、同じように叫んだ。

ハルとシルも同じようなことを念話で訴えてきている。

俺は、腕輪を全員に渡す。

まずは、ドロテアさんが変身するみたいだ。

「トラジションじゃ」

『じゃ』を付けたことに文句を言おうとしたが……それどころじゃない！

「見ちゃダメです！」

ジジに目を塞がれた。

「おぉ、失敗してしまったのじゃ。トラジション！」

ようやくジジが手を放してくれた。

すると、青い仮面と青い衣装を身に着けたドロテアさんが目に入る。

くっ、なんで下着まで交換する仕様にしなかったんだ！

ドロテアさんは最初、変身を失敗して、一瞬下着だけの姿になってしまったのだ。

……もっとも、それでもダイナマイト級のラッキースケベではあったが。

変身するときに腕輪に収納された衣装を意識しないで呪文を唱えると、服が収納されてしまうだけなんだな。失敗ではあるが、喜ばしい失敗ではあった。

でもそれを見て、残念なことにハルとシル以外は別室で変身出来るか試すことになってしまった。

◇　◇　◇　◇

中継地の最奥に小さな建物を建て、その周囲を結界で覆い、俺達以外は入れないようにした。

今はその建物内でお茶を飲んでいる。

この小屋の中にいるのは、俺、ジジ、アンナ、バルドーさんの四人。

それ以外のメンバーは外ではしゃぎまわっていることだろう。

「私の衣装はお姫様みたいで……夢のようです。でも仮面はないのですね」

そう口にするジジが纏っているのは、白を基調としたお姫様仕様のドレスだ。

ところどころピンクの部分を入れたのが、こだわりポイントである。

「仮面の代わりにティアラに認識阻害を付けたから、相手に顔を認識されることはないはずだよ」

「私の衣装は女神と勘違いされそうですね。人前で変身したら、また問題が起きそうです」

アンナの衣装は、金色に輝くギリシャ神話の女神仕様。

深く考えずに作ってしまったけど……まぁジジとアンナは、外で遊んでいる三頭身トリオやシル・ハルのコンビとは違って常識があるから、人前で変身しないだろうし、大丈夫だろう。

「私の衣装は……心揺さぶられますなぁ」

「なんでお披露目しないのですか？」

ジジがそう問いかけると、バルドーさんは意味ありげな視線をこちらに送りつつ、言う。

「ふむ……なぜか見せる相手を選ばないといけない気がしまして」

バルドーさんの衣装は黒革《くろかわ》とメタリックな装飾が特徴的な、体にピッタリ張り付くタイプ。

俺としてもジジ達に見てほしくないので、バルドーさんがそう思ってくれていてよかった。

そんなタイミングで、文字念話が届く。

『テンマ、変な奴が来た！』

声の主は、ミーシャだ。

地図スキルで確認すると、門の付近に五つ、人間の反応がある。

「バルドーさん、不審者です！　門の方へ行きましょう！　負傷者がいるかもしれない！　アンナもついてきて！」

俺はそう叫び、急いで建物を出た。

◇　◇　◇　◇

門へと向かうべく、建物の屋上を跳んで移動する。

すると、ドドドドドドドドドッ！　と、低い音が響いてきた。

バルドーさんとアンナに合わせて移動している場合ではなさそうだ。

俺はフライを使う。

門の付近まで来ると、すでに戦いが始まっていた。

ドロテアさんが大きな盾を持った重騎士に初級魔法を連射しているのが見える。

盾の向こう側には魔術師風の女がいて、反撃しているようだが、すべてドロテアさんの魔法によって消し飛ばされているな。

そこから少し離れたところでは、シルが冒険者風の女と交戦している。

実力は相手の方が上のようだが、ドロテアさんがそれをカバーしているようだ。

その奥では、剣士の男が腕から血を流して倒れている。

で、ミーシャは別の男と斬り結んでいるようだ。

だが、その男もミーシャより強い。若干押されている。

そういえばハルとピピは？

改めて周囲を見回すと、ドロテアさんの体に隠れるようにして、横たわっているハルと膝を突くピピが見える。

ドロテアさんの近くに降り立つ。

ハルは尻尾を切り落とされているし、ピピは右肩の辺りを手で押さえているではないか。

どうやら肩にナイフが刺さっているようだ。

俺は急いでピピの元に飛んでいく。

ナイフを抜いて治癒魔法を掛けると怪我は一瞬で治ったが、仮面越しにピピの涙が見える。

ふざけるなぁーーーーー！

盾を待つ騎士に一瞬で近づき、思いっ切り拳を振るう。

身体強化こそ使っていないが、全力だ。

男はそれを盾で受けたのだが……驚くことに、数メートルほど後退しただけだった。

フッ、面白い！

俺は身体強化を軽くかけて、連続でパンチを繰り出す。

バコッ！　ボコッ！　バコッ！　ボコッ！

すごい音がするが、それでも男は吹き飛ばない。

更に一段階、身体強化のレベルを上げる！

バゴゴゴンッ！

男はようやく吹っ飛んだ。

彼の後方にいた魔術師の女もその煽りを受けて一緒に吹っ飛び、気絶している。

「ミィィィィ！」

驚いた。重騎士は、まだ意識があるのか。

彼は気絶した魔術師の女の方へ這《は》って移動しようとしているが、その動きは鈍《にぶ》い。

骨折しているのか、腕も変な方に曲がっている。

余計に腹が立ってきた。

仲間を思う気持ちがあるなら、なんで八歳の子供を襲うんだ！

俺は魔術師の女に近づくと、頭を鷲掴《わしづか》みにして、そのまま持ち上げた。

女の頭から、ミシミシと嫌な音が聞こえてくる。

「ミイに何をするぅ！」

這いつくばったままそう口にする重騎士に、俺は叫ぶ。

「何をするだと!?　お前達こそ、八歳の子供に何をしたぁーーーー！」

「なっ!?」

重騎士は、驚いた顔になる。

改めて、彼の顔をしっかり見据える。

精悍《せいかん》ではあるが、それなりに歳を重ねていそう。

凶悪な顔つきじゃない……が、ピピに手を上げた時点で、最低な人間であることに変わりはない。

俺はミイと呼ばれた魔術師の女を、相手の方に突き出して言う。

「お前の目の前で、この女の頭を握り潰してやるよ！」

「ま、待ってくれ！　娘は見逃してくれ！」

こいつは娘を持つ父親なのに、ピピを！

怒りで更に手に力が入り、先ほどよりも大きなミシミシ音がする。

その痛みで、女は目を覚ました。

「イッ、ギャアーーー！」

女は叫び声を上げた。

重騎士は絶望の表情を浮かべるが、一瞬でそれを引っ込め、叫んだ。

「お前達魔族など、勇者に滅ぼされる運命だぞ！」

えっ、魔族!?　誰がやねん！

そう思いながら更に魔術師の女を掴む手に力を込めようとして――

「テンマ様、彼らはA級冒険者パーティー『妖精の守り人』です。殺してはなりません！」

ようやく追いついてきたバルドーさんがそう言い放った。その後ろにはアンナもいる。

A級冒険者パーティー？　ただの犯罪者じゃねえか！

「バルドー……？」

どうやら重騎士も、バルドーさんを知っているようだ。

だがそれも関係ない。ピピを傷つけた以上、死を以《もっ》て償ってもらう！

「バルドーさん！　まさかピピを怪我させたこいつらを、見逃せと言うんじゃないでしょうね!?」

そんな俺の言葉を受け、バルドーさんは額に汗を浮かべながら提案してくる。

「見逃せとは言いませんが、もう少し状況を確認してから判断するべきではありませんか？　私の記憶によりますと、妖精の守り人は理由もなく人を襲うようなパーティーではなかったはずです」

俺は一旦深呼吸する。そして、周囲を見回す。

すでに戦闘は終わっているようだ。

ミーシャの横には片手と両足を切られた男が、シルの近くには片腕を食い千切られた女が倒れている。さすがにこの状態で逃げ出すなんてことはないな。

「分かりました！　ただ、どんな事情があろうとピピを傷つけたこいつらを許すつもりはありませんがね！」

「ありがとうございます」

そう言って、バルドーさんは安心したような顔で腰を折った。

そうこうしているうちにアンナがハルを治療してくれたようだし、ピピは泣きやんでいる。

まだ何も解決していないが、とりあえず全員が無事で良かった。

第2話　事実と誤解？

「ピピ。危ないことしちゃダメだって、お兄ちゃん、言ったよね？」

俺はピピを膝の上に座らせ、そう言う。

「でも……ミーシャお姉ちゃんに危ないから後ろに下がるように言われて……グスッ……後ろに下がろうとしたら……肩が熱く、痛くなったの。ご、ごめんなしゃい。わーん！」

ピピは泣き出して、俺にしがみついてくる。

そっか、約束を守ろうとはしていたのか。研修の中で怪我をすることはしょっちゅうでも、やっぱり敵に攻撃を加えられたら、怖いよな。しっかり優しくしてあげよう。

俺は、ピピを抱きしめる。

すると、ミーシャがいかにも剣士といった風体の男を指差す。

「ナイフを投げたのはコイツ！」

男は真っ青な顔で、口を開く。

「それは勘違いで――」

「黙れ！」

今俺は少しでも不審な行動をしたら、すぐに首を刎《は》ねると宣言した上で、中継地に入ってすぐにある開けた場所で尋問を行っている。

俺達の前には、妖精の守り人のメンバーが、並んで正座している。

あのあと、出血多量で死にそうな彼らを、アンナに治療させた。

だから、今彼らは至って健康な状態だ。

アンナの聖魔術はやはり非常に優れている。ミーシャに綺麗に切断された手足だけでなく、シルに引きちぎられた腕まで、元通りにくっついているのだから。

『こんな奴ら、すぐに首を刎ねればいいのよ！』

元気を取り戻したハルがプリプリと怒っているが、こういった機会を作ったからには、まず事情を知る必要があるだろう。

何故か重騎士は、ドロテアさんが仮面を外してから、彼女を睨み続けているし……。

俺は、双方の言い分を聞くことにした。

◆　◆　◆　◆

一時間ほど前。

ピピ、ミーシャ、ドロテア、シル、ハルの五人は門から少し離れた辺りで、プリティビースト戦隊ごっこをして遊んでいた。

するとと、ピピが口を開く。

「ドロテアお姉ちゃん、門のところで誰かが叫んでいるよ」

「誰かが『門を開けろ』と騒いでいるようじゃ。よし、様子を見に行くのじゃ！」

こうして、まずピピ、ミーシャ、ドロテアの三人が様子を見に行くことにした。

門の付近まで行き、外壁をよじ登ると、門の外に男三人女二人のグループがいるのが目に入る。

ドロテアが問い質《ただ》す。

「何の用じゃ！」

警戒した様子で、重騎士——A級冒険者のバルガスが、前に出る。

「我々は、ゴドウィン侯爵より領内の調査を命じられた冒険者だ！　侯爵からこのような場所に町が出来たなんていう話、聞いていないぞ！　調査のために中を調べさせてくれ！」

ゴドウィン侯爵は、ラコリナ子爵の親かつ上役に当たる。

ラコリナ子爵が、任された土地を疎《おろそ》かにしていないかを知るために冒険者を雇い、調査を依頼していた。

だが、まだこの中継地の話が上に通っていなかったことで、かなり厄介な事態に陥っている。

（ラコリナ子爵にはそろそろ連絡が行っているはずじゃが……恐らくその上のゴドウィン侯爵にまで話が行っていないんじゃろうな）

そう判断したドロテアは、事情を説明する。

「この場所は数日前に作り始めたばかりじゃ。このことはラコリナ子爵の騎士団づてに、侯爵にも伝わるはず。確かに本来使いの者に中を見せるのは道理じゃ。じゃが、お主達が本当にゴドウィン侯爵の依頼を受けているのかを判断する術《すべ》も、今の我々にはない。勝手に許可を出したことで、ラコリナ子爵やゴドウィン侯爵に迷惑をかけてしまうのは、こちらの本意ではないのじゃ。故に中には入れられないのじゃ！」

ミーシャは、珍しくまともな対応をするドロテアに驚いていた。

しかし、それに対してバルガスは警戒を強める。

今ドロテア達は見たこともない服を着ていて、仮面に付与された認識阻害の効果で顔も認識出来ない。怪しいことこの上ない状態である。

(相手は特殊な魔導具か、自分の知らない魔法を使っていそうだ。それにしても、ウサ耳を生やした少女？　は俺でも意識していないと見失ってしまいそうなくらい気配遮断が上手い。背が低いだけで、かなり腕の立つ暗殺者と見た方が良さそう……か？)

そう結論付けたバルガスは、即座に全員に警戒するように目で合図しつつ、言う。

「そちらの言い分も分かる。だが我々も、簡単に『はいそうですか』と立ち去る訳にはいかないんだよ。今からその許可を取りに侯爵の元へ戻るとなったら、期日までに依頼を終えられなくなってしまうからな」

「我々の窓口はラコリナ子爵で、そのことはゴドウィン侯爵も知っているのじゃ。調査をしたいなら、侯爵に頼まずとも、せめてラコリナ子爵に確認して正式な書類を持ってくるのじゃ！」

それを聞いて、バルガスは迷う。

(明らかに怪しい連中だが、それなりに話の筋は通っている。だが、もし奴らが罪人で、時間を稼ぎ、逃げることを目的としていると考えたらどうだ？　ここで引き下がるのはあまりに危険な気がする)

そんなタイミングで、ハルとシルがドロテアの横にやってくる。

『なんなのよ～、ちょうど盛り上がってきたのに邪魔者～？』

『ちょうど僕の出番だったのに～』

ハルとシルは、念話を使っていた。

念話は送る相手を限定でき、基本的にハルもシルも普段は仲間達にしか聞こえないように話している（シルの念話はそもそも腕輪を持った相手にしか聞こえないが）。

そのため会話内容を知り得ないバルガスは、とんでもない勘違いをしてしまう。

(ま、魔族だ！)

『魔族は魔物と会話出来る』と伝説や物語上では語られている。それをふと思い出し、バルガスは言う。

「す、すまない。少し検討させてくれ！」

相手の返事を待たずに少し後ろに下がり、バルガスは仲間に向けて囁《ささや》く。

「相手は普通じゃねぇ。もしかしたら魔族かもしれねえぞ！」

「お、俺もそうじゃないかと思った」

剣士のジュビロが、遠慮がちにバルガスに同意した。

バルガスは内心自分の思い込みかと不安に思っていたが、同じ考えの者がいたことで安心する。

「俺の知らない魔法か魔導具を使っている。それに魔物と会話していた。絶対に普通じゃない！」

バルガスが自信を持ってそう話すと、他の者も信じ始める。

次いで、バルガスは問う。

「この地に魔族の拠点を作ろうとしているのだろう。リリア、他に気配を感じるか？」

「いや、そこにいる奴らの気配しかしない。ただ魔族は気配を消すことも出来ると聞く」

「そうだな。リリアは危険だと思ったら逃げて、ラコリナ子爵にこのことを報告してくれ。タクトは俺が合図したら、あの小さなウサミミの魔族にナイフを投擲するんだ。相手が怯んでいる間に、俺が前に出る。タクトとジュビロは他の魔族に斬りかかれ。ミイは俺の後ろに隠れて、隙を見て魔法で攻撃。いいか、人族の未来が懸かっている。命懸けで戦うぞ！」

「「「「分かった（わ）」」」」

妖精の守り人は、警戒しながら門に近づいていく。

そして、バルガスが一歩前に出て、声を張る。

「すまないなぁ。やはり我々も依頼を受けてきた以上、簡単に引き下がれない！」

ただならぬ殺気を察知したミーシャは、ピピに念話で下がるように伝えつつ、テンマにも文字念話を送る。

だが、ピピが横を向いて下がろうとした瞬間にタクトがナイフを投げた。

ナイフはピピの左肩に深々と突き刺さる。

それを見たミーシャは壁から飛び降り、タクトに切りかかる。

その予想以上の速さに、タクトは慌てて剣を抜き、ミーシャの一撃を受け止めた――かのように思われたが、ミーシャの剣は受け止めた剣ごと右腕を切断する。

ミーシャの方へと駆け出そうとするジュビロ。

しかし、後ろに気配を感じ、そちら側にノールックで剣を振るう。

それによって、背後にいたハルの尻尾が切り落とされた。

そして、そのワンアクションの間に、ミーシャはすでに距離を詰めている。

ミーシャはまたしても高速で剣を振るう。

それをジュビロがどうにか避け、剣戟《けんげき》が始まった。

その横を抜け、バルガスが前に出ようとするが、ドロテアの魔法によって足止めされてしまう。

威力はそれほどではないが、手数が多過ぎるので、防御するしかないのだ。

リリアはその状況を見て、ラコリナ子爵に報告するために逃げようとしたが、シルが逃げ道を塞ぐ。

ミイも魔法を放とうとしているものの、ドロテアの魔法攻撃が嵐のように降り注ぐので、なかなかに難しい。

相手が予想以上に強いことに対して、バルガスは自分の判断の甘さを後悔し始める。

それでもどうにか現状を打開出来ないか、必死に考える。

しかし、その均衡も一瞬で崩れる。

テンマが現れたことによって。

第3話　テンマの法廷？

俺、テンマはドロテアさんとバルガスから話を聞き、ようやく状況を把握した。

ドロテアさんは珍しく、しっかり対応してくれていたようだ。

結局、勘違いした向こうが悪いってことがハッキリしただけだったな。

「お前達は勘違いで八歳の子供を傷つけた。これが許されると思うか？」

「そ、それは……」

バルガスだけでなく、他のメンバーも黙り込む。

ただこうなってしまうと彼らの処分に困る。あのときのテンションであればさほど躊躇《ためら》わず殺せたろうが、降伏した相手を痛めつける趣味はない。

迷っていると、バルドーさんが笑い出した。

「ハッハハッハハ！　これはドロテア様にも責任がありそうですね」

「な、なんでじゃ！　私は筋道を通して話しただけなのに、なんで責められるのじゃ！」

いつもなら俺もドロテアさんを責めるところだが、今回は珍しくドロテアさんに非がないと思っていたんだけど……どういうことだ？

「なぜ最初に、ドロテア様は自らの身分を明かさなかったのですか？」

そんなバルドーさんの言葉に、ドロテアさんは当然だとばかりに答える。

「私を知っているか、分からなかったからじゃ！」

「あんた、何言ってんだよ！」

「まさか……本気で言っているのですか？」

バルガスは憤慨《ふんがい》しているし、バルドーさんは驚いたように目を見開いている。

どういうことか聞き返そうと思ったのだが、馬車と騎馬の集団が中継地に近づいてきているのに気付く。

「ちょっと待ってもらえますか？」

全員が俺に注目する。

「またお客さんです。全部で五十人以上はいるかと」

全員に緊張が伝わる。

俺は無言で、正座しているバルガス達を顔だけ出るようにしつつ、土魔法で拘束する。

「おい、これはどういうことだ⁉」

「お客さんがお前達の仲間の可能性もあるし、この隙に逃げられても困りますからね。ミーシャ、こいつらが抜け出そうとしたら首を切り落として構わないよ」

「うん、私の初めてはA級冒険者！」

その表現はやめなさい！　『初めて殺す相手』でしょ！

「ドロテアさんは暴走されると困るので、ここで待機してください！」

俺がそう言うと、ドロテアさんは悲し気に言う。

「テンマとの約束を守って、こいつらには初級魔法しか使っていないのに、その言い方は酷《ひど》いのじゃ！」

「初級魔法だけ……」

ミイが呆然とした顔で呟いた。

魔術師からして、規格外なドロテアさんに愕然としてしまうのは無理もない話だ。

「じゃあ、ここでみんなを守っていてください！　で、アンナは危険を感じたら、みんなをルームに避難させてくれ！」

「了解しました」

「「ルーム!?」」

バルガス達がいちいち反応するので、鬱陶しい！

「シルとハルもここで一緒に待機！」

『分かった（わ）』

「「魔物を手懐《てなず》けている!?」」

うるせー！　あとでこいつらにはお仕置きが必要だな。

「バルドーさんは俺と一緒に来てください」

「分かりました」

もうこれ以上面倒事が起こるなら、チートを使ってすべてを消滅させてやりたい。

門に向かいながら、そんな物騒なことを考えてしまったのは、仕方のないことだろう。

◇　◇　◇　◇

外壁に登ると、見覚えのある紋章を付けた馬車と、騎馬がこちらに向かってくるのが見える。

「ラコリナ子爵の一行ですね」

そう口にするバルドーさんに聞く。

「何しに来たんだと思います？」

「たぶん挨拶と、盗賊の一件に関するお礼をしに来たのではないでしょうか。あるいは、この中継地をどうするのか決まったとか」

「あの冒険者と結託《けったく》している可能性は？」

「それはありえませんな。バルガスは単純な男で、思い込みの激しいところがありますが、そのような回りくどいことをするとは思えません」

「バルドーさんはバルガスを良く知っているみたいですね」

俺が不機嫌そうに言うと、バルドーさんは苦笑を浮かべて答える。

「私だけではなくドロテア様も良く知っていらっしゃるはずですよ」

予想外の返事に驚く。ドロテアさんがあの男を知っている様子はなかった。

って言うか、知っているならもう少し穏便に済んだんじゃないの？

騎馬のうち、三騎が先行してこちら向かってくる。

馬に乗っていたのはザムザさんと、その側近の二人の若者だった。

ザムザさんが言う。

「先日はありがとうございました。本日はラコリナ子爵が直接お話ししたいと申されたので、お連れしました！　……が、何かあったのでしょうか？」

ザムザさんは周辺が穴だらけなのを見て、戸惑ったように質問してきた。

「ゴドウィン侯爵に依頼を受けたという冒険者に襲われて、戦闘になったのですよ」

俺の返答を聞いて、ザムザさんは驚いた顔をする。

「しょ、少々お待ちください！」

そして焦ったように馬車の方に戻っていく。

やがて騎士達が道を空け、そこを通って馬車がこちらに向かってくる。

その間に、俺とバルドーさんは門を開けておく。

馬車は門の手前で停まり、その中から一人の男が降りてきた。

「私はゴドウィン侯爵からラコリナの町の代官を任されているラコリナ子爵です。ゴドウィン侯爵から依頼された冒険者に襲われたと聞きましたが、本当でしょうか？」

見た目三十代ぐらいの、嫌味ない雰囲気の人物、というのがラコリナ子爵の第一印象だ。

服装も華美ではないが、質が良いと分かる。話し方も丁寧で、好感が持てるし。

「ええ。ただ彼らの話が本当なのかはまだ確認が取れておりません。これから確認しようとしていたところです」

バルドーさんの返答に、子爵は頷く。

「なるほど。私も侯爵から冒険者に依頼したという話を聞いたことはございません。ことの真偽を確認したいので、尋問に立ち会わせていただけないでしょうか？」

嘘を言っているようには見えない。ただ、貴族は表面だけ繕うのが得意なはず。

俺は毅然《きぜん》とした態度で口を開く。

「立ち合いは認めますけど、騎士達は疑いが晴れるまでは、外で待っていてもらいますよ」

「なっ、無礼な！　我々を疑うと申すか！」

ラコリナ子爵から遅れて馬車から降りてきたいかにも文官といった服装に身を包んだ男が叫んだ。

だが、騎士達の中にバルガスの仲間がいる可能性がある以上、この条件は譲れない。

「無礼ではありませんよ。状況的に、我々がその冒険者と関わりがあると思われても仕方ありません。彼の要求は、当然でしょう」

男は子爵に言われて、悔しそうに顔を歪《ゆが》めながらも黙った。

くぅ～、対応も男前やないかぁ！

結局、ラコリナ子爵と、文官の男、ザムザさんの三人だけを通して、門を閉めた。

◇　◇　◇　◇

カン、カン、カン、カン。

俺は手に持った木槌《きづち》を打撃板に叩きつけてから、口を開く。

「これより八歳の少女に怪我をさせた、極悪人の審問を始める」

「待って――――」

バルガスが口を開きかけたので、俺は再度木槌を振るう。

カン、カン、カン、カン。

「発言は私の許可を得てからにしてください！　もしこれ以上、この法廷の秩序《ちつじょ》を乱すようなら、首を刎ねて外壁の上に並べます。分かりましたね？」

「……はい」

バルガスは渋々《しぶしぶ》頷いた。

今いるのは、中継地内の建物の中。まだ建物の内装を特に弄《いじ》っていなかったのをいいことに、簡易的な法廷スタイルにした上で、全員を招いた形だ。

俺は建物の最奥――裁判長席に座り、左右にはジジとアンナを座らせる。

その正面に正座した状態で拘束されたままのバルガス達五人が並んでおり、それを挟むようにし

俺の言葉に、ラフランが頷く。

「わ、わかりました」

「よし、時間は限られている。早速始める。信じてるよ、みんな」

「ええ」

「おー！」

「はい！」

ルリア、リズ、ラフランはそう答えると、一斉にそれぞれの持ち場へと向かう。

さて、俺は先に北から終わらせよう。

サラエの街の北には渓谷《けいこく》がある。北の方向での依頼の多くは、そこに生息する魔物の討伐だった。

「広いな」

闇雲《やみくも》に探しても時間がかかるだけだ。なら、頼りになる精霊王様たちの力を使うまで。

地に足を付け、流れる風に耳を傾ける。そうすることで見えてくる。

ここの地形と、どこに気配があるのかが。

明確な形まではわからない。だが何かが生息している気配さえつかめれば、あとは直接行って叩けばいい。

全ての依頼を受けているわけだから、種類を気にする必要がないのは楽だな。

「全部倒せばいいんだろ」

俺はそれから、気配がするところをしらみつぶしに移動した。

もっと頭のいい方法があればよかったけど、生憎《あいにく》これしか浮かばなかった。

気配を辿り、見つけた魔物を片っ端から倒していく。

「ずいぶん張り切っているな、アスクよ」

「ええ、笑いますか？　サラマンダー先生」

「笑うものか。激情、怒りは心の動力になる。よく見極め、制御するのだ」

「はい！」

サラマンダー先生の力を借りて、紅蓮《ぐれん》の炎で渓谷を包む。

これまではルリアたちが一緒で使えなかったけど、今は俺一人だ。思いっきり戦える。

苛立ちは全部、この炎に込めてぶつけよう。

「燃えろ、全て！」

戦闘開始から二時間弱。北の渓谷の魔物は全滅した。

◇◇◇

「――これで最後！」

ラフランの生成した氷塊《ひょうかい》が、魔物を貫く。

南には彼女たちが暮らしている湖があり、依頼もその付近の魔物の討伐ばかりだ。

見知った地形と水辺というアドバンテージを活かし、ラフランは順調に魔物を討伐していく。

ちょうどBランクの魔物の居場所を全て見つけ、Cランクの依頼を熟し切ったところで、採取を終えたリズが現れた。

「こっちも終わったっすよ」

「うん。ルリアさんのところへ行こう！」

「了解っす！」

二人は急いでルリアが担当している西エリアへと向かった。

そこは、草原になっており、障害物が少ないので風がよく吹く。

風の精霊と契約しているルリアにとって、これ以上に戦いやすい場所はなかった。

「ルリアお姉ちゃん！」

リズの声に、ルリアが振り返る。

「リズ、ラフランも一緒ね」

「お手伝いにきました！　魔物は……あれ？」

「もう終わったわ」

西のエリアの魔物は既にルリアが一掃していた。

リズとラフランは、驚く他ない。

「も、もう終わったっすか？」

「すごい……」

加減して戦っていたのはアスクだけではない。

これまでルリアは、リズやラフランに遠慮して力を制限して戦っていた。

その最大の理由は、力の制御が難しいから。

魔法と精霊術は慣れていても、些細なきっかけでコントロールを乱す。

故に、仲間に危害を加えないように、無意識に力を抑えていた。

アスクはこのことを見抜いた上で、彼女に西のエリアを任せたのである。

とはいえ、全力で戦えば、より疲労は蓄積される。

実際、ルリアの額には大粒の汗が浮かんでいた。それでも――

「行きましょう」

時間が迫っている。問題は移動に大幅な時間を使うことだ。

リズの身体能力をもってしても、街の周囲を一周するのには八時間かかる。


ルリアたちが南へ戻った時には、夕刻まで二時間となっていた。

「あと少し……」

体力の限界に気付きながらも、ルリアたちは力を振り絞って魔物と戦い始める。

そんな時、空から彼が降ってきた。まるで救世主《きゅうせいしゅ》のように。

「待たせた！」

「――！　アスク」

ルリアの言葉に、アスクは不敵に笑う。

「さぁ、ラストスパートだ！」

◇◇◇

ギルド内を、静寂が支配していた。

「嘘だろ……」

今、俺――アスクの目の前では、大男がそう口にしながら、膝から崩れ落ちた。

アトムさんが、全依頼の達成を宣言する。

「お疲れ様でした。そしておめでとうございます。エレン様たちが受注された依頼は全て、達成されました」

「や……」

「「やったー！」」

ルリアの言葉を引き継ぐようにして、リズとラフランが飛び跳ねて抱き合いながら喜ぶ。

無理難題の賭けを見事に制し、夢が叶うことになったのだ。そりゃ、感慨もひとしおだろう。

「お約束した通り、住居とそのあとの安全はギルドが保証しましょう。物件を探すのに時間がかかりますので、その間の仮住まいも用意いたします」

「だってさ？　よかったな、ルリア」

「本当に……」

ルリアの瞳から大粒の涙がこぼれ落ちる。

そして――

「アスク」

「おっと……」

彼女は俺の胸に飛び込み、顔をうずめてきた。

「……ありがとう。本当に……本当にありがとう」

彼女は俺の前で、初めて涙を見せた。

俺にだけ見える場所で、彼女が泣いている。

「どういたしまして」

俺はそう言いつつ、胸を撫で下ろす。

そして、思う。

自分の自由を守れたことなんかより、ルリアたちが喜んでくれたことが……何より幸福なのだと。

第六章　新婚生活

人生、何が起こるかわからない。

生まれ持った才能、財産、交友関係は人生を大きく左右する。

貴族に生まれた者は裕福《ゆうふく》に育ち、平民に生まれた者は平凡に生きる。

定められたルールのように決まった人生を歩む者が多い中、俺は自分の領域から飛び出した。

全てを投げ捨てて自由を望んだ。

戦って、働いて、お金を稼いで。偶然の出会いを経て。屋敷を買った。

サラエの街の外れにある庭付きの屋敷。

元々とある貴族が使っていた別荘が使われずに放置されていて、ギルドが買い取り改築したものだ。

ギルドや商店街からは少し遠く、立地はあまりよくないけれど、広さは申し分ない。

二十人が一緒に暮らしても余るくらいには部屋があるらしいし。

正直文句の付け所がない……とは思うが、俺がどう思うかより、ルリアたちが喜んでくれるかどうかの方が大事だ。

俺は今、ルリアをはじめとした亜人たちみんなを連れて、屋敷を訪れている。

「おっきーい！」

「すごい……ちゃんとしたお屋敷ですね」

「……ここが、今日から私たちが暮らす家……私たちだけの……」

リズ、ラフラン、ルリアは屋敷を見上げ、それぞれ感動したようにそう口にする。

俺は頷く。

「――そう、みんなの居場所だ」

三階建てで横広の建物。庭には木々が生えていて、小さな噴水もある。

子供たちが自由に遊べそうで、大変良い。

俺らは早速、屋敷の中に入る。

中はギルドによって改築され、綺麗に清掃されている。寝具や家具なども最初から備わっていて、入居してすぐに暮らすことができる。

このあたりの設備は、ギルドが報酬の一部としてくれたものだ。

「アトムさんには感謝しないとな」

お願いしてからたった一週間で、この屋敷を用意してくれたのだから。

手配とか改装とか、いろいろ手続きも大変だっただろう。

屋敷を購入するだけでもお金がいるのに、その上で改築費用も含めたらどれほどの大金になるのやら。俺が以前暮らしていた別宅のように、古くて小さ目な屋敷なら手頃な価格で購入できたかもしれないが、ここで暮らすのは一人じゃないからな。

二十人を超える大所帯ともなれば、それなりの広さと設備がいる。

たぶん、今回の賭けで手に入れた金額を全て使ってちょうどいいか、足りないくらいか。にもかかわらず、報酬は報酬でしっかり支払われている。

この屋敷は、実質ギルドからのプレゼントみたいなものだ。

今後とも御贔屓《ごひいき》に。

「なんて声が聞こえてきそうだな……」

ここまでしてくれるのは、俺たちに恩を売る意味が大きいのだろう。

だが、今回は素直に感謝しておこう。暮らすためにお金は必要だ。

特に、ルリアたちのようにこれまで我慢してきた者には、めいっぱい普通の生活ってやつを楽しんでもらわないとな。

「中もひろーい！　ねぇねぇ！　探検してきていいっすか？　探検！」

はしゃぐリズを、ラフランが窘める。

「はしゃぎすぎよ、リズ。気持ちはわかるけど、落ち着いて」

「だって〜　早く見て回りたいっす！」

「その前に部屋割りを決めましょう」

ルリアがそう言うと、リズは目を輝かせる。

「自分の部屋！」

リズだけじゃない。ラフランも期待した眼差しでルリアを見つめているし、子供たちもワクワクしているようだ。そしてそんな様子を、老人たちが微笑ましそうに眺めている。

俺も立ち位置的には老人枠だ。みんなが喜んでいる様子を見ていると、嬉しい。

ルリアが明るい声で言う。

「屋敷の間取りをもらったから、ひとまずそれを見ながら決めましょう。あとから交換してもいいし」

「はーい！　ボク一番上の階がいいっすよ！」

「私はどちらかというと、下の階の方が嬉しいです」

「私たちは一階だと助かる。階段は足腰にくるからね」

そんなふうに各々が意見を出し合い、自分の部屋を決めていく。

みんな目をキラキラと輝かせている。

この光景を見られただけで、俺の心は満たされる。

「よかったな、アスク」

「よき光景だのう」

「頑張った甲斐があったわね」

「みーんな楽しそうでハッピーだヨ！」

俺の中にいる精霊王様たちも温かい言葉をくれる。

生まれて初めて他人のために全力で何かに取り組んで、ちゃんと成果を出した。

家を出た当初は、『自分以外のために頑張るなんて非効率的だ。俺はこれから自分のためだけに生きるんだ』なんて思っていたけど、その考えが軽々と吹き飛んでいくのを感じる。

自分の頑張りが誰かの笑顔を作る――たったそれだけのことで、こんなにも幸福な気持ちになるのか。

「悪くないな」

また、新しい感覚を知ることができた。

俺にはきっと、まだまだ知らない感情がたくさんあるのだろう。それを見つけ、体験していくのが楽しみだ。

「アスク」

期待に胸を膨らませていると、ルリアが話しかけてきた。

俺は彼女と視線を合わせて、聞き返す。

「なんだ？」

「なんだじゃないわよ。あなたはどこがいいの？」

「ん？　どこって？」

「部屋よ。決まってないのはアスクだけよ」

みんなの視線が集まる。

自分たちの部屋割りは決まったらしい。

だが、俺は首を傾げつつ手を横に振る。

「いや、俺はいいよ」

「「え？」」

その場の全員の頭に疑問符が浮かんだように見えた。

俺はその予想外の反応に、キョトンとする。

「なんでっすか？」

「自分の部屋がないと寝る場所がありませんよ？」

「どういうつもりよ」

リズ、ラフラン、ルリアがぐいっと顔を近付けて詰め寄ってきた。

特にルリアは、眉間《みけん》にしわを寄せていて、怒っているようにすら見える。

俺は圧倒されながらも、説明する。

「いやだって、俺はここに住むわけじゃないから、部屋なんてもらってもさ」

「えぇ！　一緒に住まないんすか？」

「どうしてですか？　この家に不満があるんですか？」

「不満とかじゃないよ。元から俺は住むつもりがなかっただけだ。この屋敷はみんなのために用意してもらったんだからな」

心配そうにじっと俺を見つめてくるリズとラフランに、俺はそう言った。

俺は自分が暮らす家を欲していたわけじゃない。家がなく、野宿するしかない彼女たちのためだ。

なのに、みんなは驚いている。

少しして、ルリアが小さな声で尋ねてくる。

「最初から、私たちのためだけに賭けの報酬を決めたっていうの？」

「まぁそうなるかな」

「ここを勝ち取ったのはあなたよ？　賭けに勝てたのもほとんどあなたのお陰……この屋敷はあなたの所有物だわ」

「別に誰の物だとも思ってないよ。俺の物だって言うなら、尚更どうしようが俺の自由だろ？　この屋敷は、俺がみんなへプレゼントしたかったんだ」

そう言って、俺は笑った。

賭けは俺が勝手に始めたことで、彼女たちは巻き込まれただけ。

実際、俺が一緒に行動していなければ、彼女たちの正体がバレることもなかった。

あの事態の原因を作ったのは俺だ。だからこれは俺なりの贖罪《しょくざい》でもある。

「ずるいっす……もらいすぎて、ボクたち何も返せてない……」

「私たちにもお返しさせてください。何ができるかは、わからないですけど……」

二人ともしょぼんと顔を伏せてしまった。せっかく喜んでいる顔が見られたのに、それじゃ台なしだ。

俺は笑いながら言う。

「リズ、ラフラン……気にしなくていい。みんなが喜んでくれたから、俺は大満足だ！」

「アスクお兄さん……」

「アスクさん……」

「それにさ？　せっかく部屋をもらっても、そのうち出ていく時に片付けとか面倒になるだろ？

俺はお金もそれなりにあるし、これまで通り宿屋で……ん？」

俺がそう口にすると、水を打ったように静かになってしまった。まるで時間が止まったようだ。

リズとラフランは、目を丸くして俺を見ている。

その表情は驚きというよりは、絶望に近かった。

何か失言してしまった？　お金あるアピールにドン引きされたとか？

みんなと一緒より宿屋のほうが快適だと言ったように聞こえてしまったのかもしれない。

「あー、えっと……」

「お兄さん、どこかへ行っちゃうんすか？」

リズが前のめりになって質問してきた。続けてラフランも。

「出ていってしまうんですか？　いつですか？」

その表情は、必死だ。

どうやら彼女たちが驚いたのは、お金とか宿屋のことじゃなかったらしい。嫌なやつだと思われたわけじゃなくてホッとする。

「いつかはわからないけど、そのうちかな？　俺は旅人だし、ここへも偶然立ち寄っただけで目的があって来たわけじゃないんだ。元々一週間くらい滞在して、別の街へ行こうかなーと思ってたんだけど、思いのほか居心地がよくてさ。気付けば一週間なんてあっという間に過ぎてたよ」

一人ならとっくに次の街へ旅立っていたかもしれない。

彼女たちとの出会いが、俺をここに留まらせた。

だが、もう彼女たちは大丈夫だ。

今回の一件をギルドは高く評価し、俺とルリアはAランクに、リズとラフランはBランクに昇格した。

これで俺がいなくても、彼女たちだけでBランクの依頼を受けられる。

彼女たちの実力ならそれだって余裕で熟せるだろう。

拠点を手に入れ、生活の基盤は整った。ルリアが俺に語ってくれた夢に近付いたんだ。

「俺がいなくても大丈夫だろ。ここで平和に穏やかに暮らせる準備は整った。ここは君たち家族の場所だ。俺は他人だし、ここに残る理由がもうないんだよ」

「――嫌」

微《かす》かに、声が聞こえた。ルリアのほうから。

俺は彼女の顔を見る。

ルリアは俺を睨んでいた。初めて出会った時とは違って、瞳を涙で潤ませながら。

そして、振り絞るように言う。

「理由があれば……いいのね？」

「ルリア？」

「前に言ったこと覚えてる？　エルフの掟に従うかどうかは私の好きにしていいって言ったこと」

「……ああ、そんな話もしたな」

二人で野宿の見張りをしている時だったか。眠れない夜、語り合ったことは覚えている。

「私が……そうならいいってことよね」

「え、ちょっ」

ルリアはツカツカと俺の前へと歩み寄ってくる。

思わず下がろうとしたら、強引に胸倉を掴まれた。

そうして彼女は告げる。

「私と結婚しなさい」

「――――！」

プロポーズの言葉を口にした彼女は、怒っているようで、泣いているようで、恥ずかしがっているようでもあった。

いろんな感情や表情が集まって、今の彼女を作っている。

一つや二つじゃ収まらない。こんな複雑な感情を突きつけられるのは、初めての経験だった。

「結婚って、本気で言ってるのか？」

俺がそう聞くと、ルリアは頷く。

「本気よ。そうじゃなかったらこんな話をしないわ」

「……でも俺は……」

「わかってるわよ。あなたは、結婚も、人を好きになることも、わからないんでしょ？　そう言っていたものね」

そうだ。俺には他人を想う気持ちというものがよくわからない。

ずっと一人で生きてきた。

他人は頼れない。馬鹿にしてくるだけの連中を見返せば気持ちがいい。

それくらいしか知らないんだ。

そんな俺が、誰かと一緒になる未来なんて、想像できない。

ラコリナ子爵達と、バルガス達まで驚いている。

バルドーさんが溜息を吐く。

「テンマ様、冗談はそれぐらいにして、どうされますか？」

さすがにさっきの発言は本当に冗談だったのに、なぜか全員から無言の圧が……………。

「中に入れてあげて下さい。今日はもう遅いので、用件は明日聞くという条件を呑んでくれれば、ですが。そうでないなら、追い返してくださいい！」

俺の言葉に答えたのは、ラコリナ子爵だった。

「分かりました。ザムザ、そのように伝えて下さい」

「りょ、了解しました！」

命令通り、ザムザさんが走っていく。

それを見送りつつ、俺は言う。

「ジジ、うんと美味しい夕飯を頼むよ。ああ、ラコリナ子爵も一緒にどうですか？」

「テンマ様、ありがとうございます。ご一緒させていただきます」

もう様付けで呼ばれようが、気にしない。

夕食のあとにジジに膝枕してもらいながら、シルモフして、すべて忘れるんだぁ〜。

そんなふうに気持ちを切り替えて、建物を出る。

そして歩き始めると、不快な声が聞こえてきた。

「ラコリナ子爵、これはどういうことですか？　いつの間にこのような中継地を作られたのです⁉

話が違うではありませんか！」

ムカッとしたが、俺達に向かって話しかけてきているわけではない。無視して歩き続けよう。

「ラソーエ男爵、今日はもう遅いので話は明日にしてください。中に入れるのはそれが条件だったはずです」

そうラコリナ子爵が答えているが、ラソーエ男爵は止まらない。

「しかし、そんな悠長なことを言ってられません。あっ、そこにバルドーさんもいるじゃないですか。バルドーさんこれはどういう——」

「黙れぇーーー！　お前は中に入るに当たって、約束したんじゃないのか。それを破る気かぁぁぁぁぁぁぁ！　ザムザァ、そいつらは約束を破った！　追い出せぇ！」

怒りのあまり、ザムザさんを呼び捨てにしつつ、そう叫んでしまった。

ラソーエ男爵は、真っ青な顔で怯えている。

ザムザさんは少し震えながらも、慌てて兵士達に命令する。

「この者達を追い出せ！　抵抗したら切り捨てても構わん！」

それを受けて兵士達も剣を抜き、ラソーエ男爵一行に近づいていく。

幸《さいわ》い、ラソーエ男爵の一行は抵抗もしないで出ていってくれた。

第5話　計画の変更

「おはよう」

「「「おはようございます」」」

昨晩、中継地内の家の一つに家具などを運び込み、拠点にすることに決めた。

今、その拠点の中にいつもの面々と妖精の守り人のメンバーがいる。

ジジとアンナに朝食の準備をしてもらっているので、それ以外の者はテーブルに着いて待っているような状態だ。

俺は、バルガスに言う。

「マリアさんの件なんだけど、もう少し待ってもらえるかな。何かと忙しくてね」

「いえ、ありがとうございます。現在、低級の石化解除ポーションでマリアの症状の進行を遅らせている状態です。今すぐに死んでしまうというわけではないので、テンマ様のご都合を優先してください」

……なぜかバルガスの態度が丁寧になっている気がする。

昨晩ラソーエ男爵にブチ切れたのを、間近で見ていたからかなぁ。

ちなみにあのあと俺はジジに膝枕してもらいながらシルモフして、そのあとシルとピピと一緒に寝たので、すっかり元気だ。

「お気遣いありがとう。それで今日お願いしたいことなんだけど……ミーシャに訓練を付けてくれないか？」

俺がそう頼むと、ピピが「ピピも一緒に訓練、やるー！」と手を挙げる。

バルガスが「そんなのお安いご用です」と答える横で、バルドーさんが不機嫌そうな顔をしている。

「ピピに変な癖を付けたら、私はあなた方を許しませんからね」

微笑んでこそいるが、目は真剣そのものである。

そして、ミイはドロテアさんに魔術を習うことになった。


バルドーさんに訓練をお願いしなかったのは、これから行うラコリナ子爵達との話し合いに同席してもらわなければならないからだ。

朝食を終え、俺はバルドーさんとジジとアンナを連れて、中継地の中で一番大きな建物に入る。

すると、すでにラコリナ子爵達が待っていた。

ラコリナ子爵は、俺らが入ってきたのに気付くと、口を開く。

「おはようございます。ゆっくり休めましたか？」

「ご心配いただきありがとうございます。そちらこそ、ご不便はありませんでしたか？」

「いえいえ、寝具などをお貸しいただき、大変助かりました」

さすがに子爵一行を床に直接寝かせるわけにはいかないということで、後に役所にする予定の大きな建物を貸した上でメチャクチャ適当ではあるが、寝具を作ってあげたんだよな。

それから二言三言交わしてから、テーブルや椅子を設置する。

大きなテーブルを挟むような形で俺らとラコリナ子爵一行は分かれて座る。

ラコリナ子爵が促すと、文官の男が挨拶してくる。

「ラコリナの町の副代官を務めております、モドバと申します。昨日は失礼な態度を取ってしまい、申し訳ありません！」

最初に会ったときと文官の男――モドバさんの態度が違う。

どこか偉そうな雰囲気があったが、今はおどおどと怯えた表情をしているのだ。

「失礼だなんて……気にしないでください。それよりも私の方こそ昨日は失礼しました。感情的になり、皆様にご迷惑をお掛けしてしまい、すみません」

俺が頭を下げて謝罪すると、驚いた顔をされてしまった。

えっ、もしかして俺って謝らないような奴だと思われていたの……？

ショックを受けていると、バルドーさんが口を開く。

「まぁ謝罪はそれぐらいにして、話を始めませんか？」

俺は頷き、言う。

「今回集まっていただいたのは、ルートの変更に関してご相談したかったからです。色々考えた結果、ラソーエ男爵領を通過しない形で道を作ると決断しました」

これにはラコリナ子爵達だけでなく、バルドーさんも驚く。

「テ、テンマ様、それは少々お待ちください！」

ラコリナ子爵と文官もコクコクと頷いて、同意を示す。

俺はバルドーさんに地図を出すよう頼む。

すると、バルドーさんが必死な顔で、苦言を呈《てい》してくる。

「お待ちください。この話には色々な人が関わっています。王家の許可もいただいていることですので、簡単に変更は出来ません！」

「う〜ん、でもラソーエ男爵とはもう関わりたくないんだ。もし王家がダメだと言うなら全部無かったことにする」

それを聞いたバルドーさんは少し沈黙したものの、結局溜息を吐いて、地図を出す。

「ふう〜、仕方ありませんな。地図はこれです」

俺は地図を見ながら説明する。

「今回作った橋は撤去して、更に下流に改めて橋を架け直します。で、そこ目掛けて道を作り直すんです。この形でも、問題なくゴドウィン侯爵領を通る道になるはず。ちょうどこの中継地の小川に沿って道を作るのも良いですねぇ。遠回りになりますが、ゴドウィン侯爵領の領都を経由にするわけですから、そちらに損はありませんよね？」

バルドーさんは真剣な顔で頷いているが、ラコリナ子爵とモドバさんからは反応がない。

少しして、バルドーさんが口を開く。

「ふむ、これならゴドウィン侯爵も納得されるかもしれませんね。迂回する必要があるので遠回りにはなりますが二、三日ほどのロスで済みますし、問題ないでしょう」

「バルドーさんには申し訳ありませんが、調整をお願いします」

「分かりました。しかし、随分と無駄な作業が発生してしまいますね……」

バルドーさんは残念そうにそう呟いたけど……俺も面倒だよぉ！

ともあれ方針はまとまった――と思っていると、ラコリナ子爵が決死の表情で言う。

「お、お待ち下さい！　ラソーエ男爵には私から話しますので、もう一度……もう一度だけチャンスをもらえませんか！」

「う～ん、無理！」

そんなふうに軽い調子で断ると、愕然とされてしまった。

でも確かに言葉足らずかなーなんて思っていると、バルドーさんが俺の代わりに説明してくれる。

「ラコリナ子爵、結果的にゴドウィン侯爵領にとってのメリットは多くなります。折衝《せっしょう》は大変でしょうが、それ以上のメリットもありますよ」

だが、ラコリナ子爵は食い下がる。

「しかし、これでは侯爵家が利益を得るために、遠回りさせたみたいになってしまうではないですか！」

「知らんがな！」

心の中で呟こうとしたのだが、声に出てしまった！

ラコリナ子爵とモドバさんが目を見開いている。

「その辺は私とドロテア様が王家に説明しますから大丈夫ですよ」

バルドーさんが慌てたようにそうフォローしてくれるが、ここでいい顔をする必要もない気がしてきたな。

「確かに俺はロンダの利益のために交通を整えています。でも、ラソーエ男爵にもゴドウィン侯爵にも、王家や国にとってもいい話なはずです。許可いただけたことは感謝していますが、それにかかった費用はすべてこちら持ちです。筋を通しているのに、文句を言われるのは納得出来ませんね！」

ラコリナ子爵達は、反論してこなかった。

もうこれ以上文句を言われたら、更に迂回してゴドウィン侯爵家とも関わらないようにしよう！

そう思いながら出方を窺っていると、バルドーさんが畳みかけるように言う。

「それとも自分達や王家の言うことを聞けと、我々に命令するのですかな？」

……バルドーさん、その言い方だと脅しているみたいに聞こえますよ。

「そ、そのようなことは絶対にしません。で、ですが、ゴドウィン侯爵家の利益より、私は国の未来のために、もう一度だけラソーエ男爵に機会を与えていただきたいと考えておりまして……」

立派な心意気だとは思うが、あのラソーエ男爵が反省するのか？

すると、バルドーさんは更に言う。

「では国の未来のために、ラソーエ男爵の領地を別の場所と取り換えるよう王家に提案すればよろしいのではないでしょうか。そうすれば、我々も無駄な作業が減りますし、ラソーエ男爵以外は特に困りません」

まぁ確かに上がすげ替わるだけであればさほど領民にも影響はないだろうし、さして影響はない……のか？

とはいえ今回の顛末《てんまつ》が王家に知れたら、ラソーエ男爵、終わらないか？

「し、しかし……」

口ごもるラコリナ子爵。

バルドーさんは今度は俺に向かって言う。

「テンマ様、少しお時間をいただけないでしょうか？　私の方で陛下に先ほど申し上げた通りの提案をいたします」

「そうですね……では、お願いします。ラコリナ子爵、申し訳ありませんが、数日だけこの中継地をこのままにしてもよろしいですか？」

「そ、それは構いませんが……」

歯切れは悪いが、ラコリナ子爵の許可はいただいた。

俺は頷いてから、バルドーさんの方を向く。

「そんなわけで、バルドーさんが王家に報告へ行っている間、こちらで待っていようと思います。

ただ、かなり時間がかかりそうだったら念話で連絡をください。あっ、あとアルベルトさんにも伝えておいてもらえると助かります。そろそろ出発する頃でしょうし」

「昨日までに起こった出来事は、あらかた報告済みです。ですので、ここで決まったことを後ほど報告しておきます。ただ、アルベルト様はとっくに出発しておりますので、もしかすると王都に着く前に合流することになるかもしれませんな」

「まぁそうなったらそうなったで、直接話し合いましょう」

そんな俺とバルドーさんのやり取りを、ラコリナ子爵は真剣な眼差しで見つめていた。

◇　◇　◇　◇

拠点に戻ってきた俺は、昼から王都にマリアを迎えに行くとみんなに伝えた。

元々は迂回ルートを作る必要があるからもう少し後回しにしようかと思っていたのだが、先ほどの話し合いの結果、ひとまずはバルドーさんと王家の話し合いを待つことになった。その間に済ませてしまおうというわけだ。

ミーシャやピピは妖精の守り人の面々との訓練があるから、残るとして――

「私は、マリアに会いに行くのじゃ！」

ドロテアさんが仁王立ちで宣言する。

「もし王都で問題や騒ぎを起こしたら、ドロテアさんとは二度と一緒に行動しませんからね」

「マリアが帰ってくるのを、ここで待つのじゃ！」

一瞬で発言が翻《ひるがえ》った。たぶん本人も問題を起こさない自信がないのだろう。

バルガスも「絶対に一緒に行く」と言い出したが、ミイが「また問題を起こしたらもう二度と口を利《き》かないから！」と言うと、しょんぼりしながら待つことにしたようだ。

勘違いが凄《すさ》まじかったり、人の話を最後まで聞かなかったりすることも含め、なんだかドロテア成分を感じてならない。

こうして、ミイとジジ、アンナとシル、ハル兵衛を連れていくことになった。

ハル兵衛は俺と一緒に、それ以外のメンバーは飛べないから俺のルーム内に入っていてもらおう。

「バルドーさん、ドロテアさんが問題を起こさないように見張っていてくださいよ？」

俺がそう口にすると、バルドーさんは心底憂鬱そうな表情で答える。

「それが一番大変ですなぁ」

「テンマもバルドーも失礼なのじゃ！」

そんなドロテアさんの言葉に同意する者は、やはりいなかった。

第6話　勘違いと絶望と希望

テンマとバルドー達を見送ったラコリナ子爵は、大きく溜息を吐く。

そして徐《おもむろ》に目の前に置かれたクッキーを、口の中に放り込み――目を見開く。

「どうかなさいましたか？」

「いや、この茶菓子が、想像以上に美味しくて驚いたのだ」

モドバは予想外の返答に首を傾げたが、彼も一口食べると同じようなリアクションを取る。

ラコリナ子爵は口を開く。

「茶菓子一つ取っても、我々が想像もつかない美味しさだ。ラソーエ男爵はテンマ様の規格外さをまったく理解出来ていないのだろう。感情的で思慮の足りない男だが、国や領民を大切にする男だったのだがな……」

ラソーエ男爵は、貴族社会には珍しく、不器用ではあるが裏表のない性格。

ラコリナ子爵は、そんな彼をそれなりに評価していた。

とはいえコーバル領のシービックに嵌《は》められたのも、その性格が災いしてしまった結果だ。

（今回は嵌められてこそいないものの、彼の配慮のなさが招いたことだとも考えている。それに余計なことをすれば自分だけでなく、父であるゴドウィン侯爵にまで迷惑が掛かる可能性がある。故に、テンマ様の意見を呑むという決断をした。しかし――）

ラコリナ子爵は、凛《りん》とした声で言う。

「ザムザ、悪いがラソーエ男爵を呼んできてくれ」

「はっ」

部屋から出ていくザムザの背中を見つめながら、ラコリナ子爵は気を引き締めた。

◇　◇　◇　◇

馬車の中で目を覚ましたラソーエ男爵は、舌打ちする。

昨日、半《なか》ば無理やり中継地から追い出されたことを、理不尽に思っているのだ。

（そもそも自分の町を出て数日で、これほどの規模の中継地を作れるはずがない。ラコリナ子爵は中継地をラソーエ領側に作ることに対して同意しておきながら、裏でバルドーと結託していたのだ）

彼はラコリナ子爵を公正で裏の無い誠実な人物だと信じていたので、余計に腹を立てている。

ラソーエ男爵はもう一つ舌打ちして、馬車から出る。

すると、ラコリナ領の騎士団長が近づいてきて、報告する。

「昨晩、魔物の襲撃は一切ありませんでした。それと門は閉ざされたままです。あと……」

「なんだ、ハッキリと報告せよ！」

「はい！　到着したときは気付きませんでしたが、今朝明るくなったので改めて周りを調べてみたところ、戦闘の形跡を発見いたしました！」

言われて、ラソーエ男爵は、周りを歩いてみる。するとそこには、確かに戦闘跡があった。

しかも、それは並のものではない。見たことがないほど荒れているのだ。

（驚くほどの数の魔法で、地面が抉られたのだろうが……一つ一つの魔法の威力も相当だな）

それから、ラソーエ男爵はこれまでの道中を思い起こす。

ドロテア一行のあとを追うように進んできたラソーエ男爵は、驚くほど整備された道に感心させられた。それに、貧相な木の橋も頑強な石橋に変わっていた。

男爵はドロテアの顔を思い浮かべ、次に昨晩のテンマの剣幕を思い出し、冷や汗を流す。

（恐らくあの二人だ！　あの二人にはそれだけすごいことが出来るだけの力がある！　裏で動かれていたのは癪に障るが、今はそんなことを言っている場合ではないな！）

ラソーエ男爵はそう思い直し、兵士達に向かって言う。

「お、お前達、昨日は明らかに我々が間違っていた。約束したにもかかわらず、抗議したのが間違いだったのだ。そのことで、相手を批判してはならんぞ！」

「「「はい！」」」

そう、ラソーエ男爵はこの期《ご》に及んで、『話し合いは明日』という約束がまだ生きていると思い込んでいたのだ。約束を破って追い出された時点で、話し合いの約束などあるはずがないのに。

それからしばらくして。ラソーエ男爵はイライラと開かない門を見つめていた。

「おい！　もう一度、話し合いはいつになるか聞いて来い！」

五分おきに男爵に同じことを言われている騎士団長は、いい加減イライラしてきていた。

その度に『今聞きに行ったとて、むしろ機嫌を損ねるだけでは？』と苦言を呈すも、一向に聞き分けないのだ。

彼はとうとう痺れを切らし、言う。

「男爵、また揉めごとになってしまいます！」

騎士団長は強めにラソーエ男爵に忠告する。

ちょうどそんなタイミングで、門が開く。

「おお、やっと迎えが来たようだ。大方話の辻褄《つじつま》を合わせるために、事前に相談をしていて遅くなったのであろう！」

ラソーエ男爵はこれほどまでに人を疑うような性格ではなかった。

ただ、シービックに嵌められたことで多額の賠償を払わされ、家族や領民に辛い思いをさせた経験から、やたら疑《うたぐ》り深くなってしまったのである。

扉の奥から現れた、ザムザが言う。

「ラソーエ男爵、ラコリナ子爵がお会いになると言っています。ですが勝手な発言や行動はお慎《つつし》みください」

ラソーエ男爵は内心不満ではあったが、『先に約束を破ったのは自分だ』と言い聞かせて自身を納得させ、返事する。

「昨晩は申し訳なかった、今度は必ず約束を守る！」

「では、同行してください。護衛は二名まで付けて良いですが、武器は預かります」

そんなザムザの言葉に、ラソーエ男爵は素直に頷く。

そして門を潜り、改めて周囲を眺めて中に入ると、道の両脇に綺麗に並んでいる建物がやけに綺麗なことに気付く。それどころか、通りの一番奥には広場があり、突き当たりには役所のような建物すらある。

ラソーエ男爵は憤《いきどお》る。

（私の町より豪華な中継地……だと⁉　やはり随分前からこの中継地を作っていたんじゃないか！）

役所のような建物の中に入る。

中が簡素であるのを見て、少しだけ男爵はホッとする。

通された部屋にはテーブルと椅子だけが置かれており、ラコリナ子爵と副代官のモドバが席に着いていた。

ラソーエ男爵は、ラコリナ子爵に文句を言おうと足早に近づく。

しかし口を開く寸前で、子爵がこれまでに見たことのない複雑な表情をしているのに気付く。

「ラソーエ男爵、久しぶりだな。座って話をしよう」

そう口にしたラコリナ子爵が憐《あわ》れむような目をしているのに、ラソーエ男爵は驚く。

文句を言おうという気すら起こらずラソーエ男爵は、言われるままにラコリナ子爵の前に座る。

ラコリナ子爵は、ジジが『何かあったときはこれを使ってください』と残して置いていったお茶や茶菓子を出すよう、騎士の一人に指示する。

お茶が出てくるのすら待たず、ラソーエ男爵は問い質す。

「この町はなんですか！　最初から、バルドーさんと一緒に私を騙すつもりだったのですか⁉」

しかし、ラコリナ子爵は憐憫《れんびん》の表情を崩さず、静かに言う。

「落ち着いて話しましょう。必要なことは説明します」

「誤魔化すのですか？　すでにバルドー殿とも密談を済ませたのでしょう。私は騙されませんよ！」

ラコリナ子爵は大きく溜息を吐いてから、残念そうに首を横に振る。

「あなたは変わりましたね。シービックに騙されたことで、疑り深くなってしまった」

「なっ、なんですと⁉　話を逸らさないで――」

「黙りなさい！」

ラソーエ男爵は、ラコリナ子爵の剣幕に驚いて唾を呑む。

温厚で怒ったところなど見たことのないラコリナ子爵が、本気で怒っている。

その事実は、ラソーエ男爵にとってそれほど衝撃的だったのだ。

「ふう、今のあなたを見ていると、テンマ様やバルドーさんが呆れるのも理解出来ます。まずは現状について、説明します。これ以上勝手な発言をしたら、その時点で話は終わりです！」

そう語るラコリナ子爵の雰囲気から、冗談で言っているわけではないと、さすがのラソーエ男爵でも理解した。

ラコリナ子爵は、次の事実を順を追って説明した。

・テンマ達が盗賊を討伐したあとに、ザムザが駆け付ける。その時点で外壁と門だけがあった。
・外壁と門は、中継地の一部。ラソーエ男爵領内に中継地を作るのが難しいと判断したため、先んじて作った物だと説明される。
・それを説明するためにザムザ達は、ラコリナ子爵に相談するべく一旦中継地を離れた。
・そうしてザムザとラコリナ子爵達が戻ってくるまでの間に、ゴドウィン侯爵の依頼を受けたA級冒険者がテンマ達に襲いかかり、しかも返り討ちにあっていた。その上ザムザ達が来たときにはなかった建物がいくつも建っていた。

説明を聞き終え、ラソーエ男爵は目を剥く。

「そ、そんなまさか！　こんな短時間でそれだけのことが起こるだなんて、俄《にわか》に信じ難《がた》い」

ラコリナ子爵は頷く。

「彼らは、我々の想像の範疇《はんちゅう》に収まりません。だというのに、これまで文句を言わず無償で働いてくださっていたのですよ。最大限の敬意と感謝をもって接するべきではないですか？」

「しかし、まさか、そんな……」

そこで言葉を切り、ラソーエ男爵は騎士が持ってきたお茶を一息に飲む。

その数秒の中でラソーエ男爵は、一旦自分の感情を無視して、今の状況を改めて整理する。

そうして気付いたのは、これまでの行動がいかに的外《まとはず》れで礼を失したものだったかということ。

（反省、後悔……いや、違う。もうこれはそういった段階の話ではない。今すべきは、恥じ入ることでも、自己嫌悪に陥ることでもない。私にできることを、しなければ！）

ラソーエ男爵はコップを置くと、意を決したような表情で、ラコリナ子爵に頼む。

「彼らに謝罪したいと思います。どうか取り次いでいただけないでしょうか？」

そんなラソーエ男爵に、ラコリナ子爵は憐れみの目を向ける。

「もう遅いのです」

「私があなたを疑ったから、取り次ぎたくないという意味ですか？」

そう口にしたラソーエ男爵に、モドバは怒気を孕《はら》んだ口調で言う。

「失礼なことを言うんじゃない！　子爵は自分の立場も危うい状況で何度、あなたの弁明をして助けようとしたことか。それを――」

手でモドバの発言を制しつつ、ラコリナ子爵は口を開く。

「すでにテンマ様は、計画を変更すると決断されてしまいました」

「け、計画を、変更……」

呆然と呟くラソーエ男爵を横目に、ラコリナ子爵は続ける。

「ラソーエ男爵領を迂回するそうです。造った橋も撤去して、ゴドウィン侯爵領に直接橋を架けるんだとか」

ラコリナ子爵はラソーエ男爵が感情的になるのではと身構えていたが、彼は考え込んでいる。

しばらくすると、ラソーエ男爵は口を開いた。

「今後一切文句や苦情を口にしません。私に出来ることでしたら、なんでもします。ラコリナ子爵がおっしゃられた通りになってしまうと、民が苦しむことになりましょう。なんとか執り成していただけませんか？」

「同じことを、私からすでにテンマ様にお願いしました。ゴドウィン侯爵家としても、自分達が利益を得る為に迂回させたと言われかねませんしね。しかし……テンマ様から『知らんがな！』の一言で片づけられてしまいましたよ。はははは」

ラコリナ子爵の虚《むな》しい笑い声が、部屋の中に響く。

少し考えてから、ラソーエ男爵は口を開く。

「そ、それほど怒っていらっしゃるのですか……」

「ええ。なんなら王家がそれで不満だと言えば、すべてなかったことにするとすら仰っていましたよ。そうなると塩《しお》さえ供給していただけなくなるかもしれません」

海に接していないこの国において、塩は貴重な資源だ。

テンマはハルの案内で塩が大量に採れる洞窟を発見し、そこで採取した岩塩《がんえん》を商業ギルドに卸《おろ》している。それがなくなれば、国にとってマイナスになってしまう。

「私の命を、い、命を差し出しますので、どうか、どうか……」

そんなラソーエ男爵の言葉を聞き、ラコリナ子爵は内心で溜息を吐く。

（なぜ最初からラソーエ男爵はこのような心持ちになってくれなかったのか……やはり、シービックの馬鹿が、ラソーエ男爵を変えたのだ！）

シービックに対する怒りに身を震わせながらも、ラコリナ子爵は口を開く。

「まぁとはいえ、バルドーさんも迂回には反対なようでした。王家に事情を話して、ラソーエ男爵の領地を別の地と替えるよう提案しに行くと仰られていましたよ」

ラソーエ男爵の表情が明るくなる。

「そうですか。それくらいなら、受け入れましょう」

「ラソーエ男爵……」

「恐らく王家の方から事情を聞かれることになるでしょう。その際、悪いのはすべて私だと報告します。ただ、自分勝手ではありますが、家族の命だけでも守っていただけるよう、助力いただけないでしょうか？」

ラソーエ男爵の悲しい覚悟に、ラコリナ子爵の目が潤む。

そして、彼が口を開こうとしたタイミングで扉をノックする音が響く。

扉が開くと、そこにはバルドーがいた。

先んじて以前から付き合いのあるラコリナ子爵がラソーエ男爵を諭《さと》し、彼が落ち着いたタイミングでこれからについて話し合う。

そんな計画を、テンマが出ていってからラコリナ子爵とバルドーは立てていたのだ。

バルドーに気付いたラソーエ男爵は、驚くべき速さで土下座する。

「バルドー殿、何度も失礼なことをしてしまい、申し訳ない！」

「ふむ、まともに話が出来るか心配していましたが、ラコリナ子爵が諭してくれたようですね」

そんなバルドーの呟きを聞きながら、ラソーエ男爵は言い募る。

「我が家は領地を替えられても……いえ、廃絶になったとしても構いません。ですから国のためにも計画が変更されてしまわぬよう、執り成していただけないでしょうか。必要なら私の首を差し出しても構いません！」

「ははははは！　あなたの首など、私もテンマ様もいりませんよ。ラソーエ家では命を差し出すのが流行《はや》っているのですか？　今日、今回の一件をアルベルト様に報告させていただきました。すると、たまたま一緒にいたあなたの奥さんとお嬢さんも、ナイフで自分の首を掻き切ろうとしたそうです」

ラソーエ男爵は慌てて尋ねる。

「つ、妻と娘は？」

「もちろん、アルベルト様が止めたため、怪我一つありません。しかし、精神的に不安定なので、気が抜けない状況ですね。さて、今のあなたならまともに話が出来そうですね。この状況をなんとかするために私の提案を聞いてくださいますか？」

ラソーエ男爵は、バルドーの言葉に号泣しながら、コクコク頷くのだった。

◇　◇　◇　◇

全員が席に着き、ラソーエ男爵が泣きやむのを待って、バルドーが話し始める。

「正直、一番大変なのは男爵がまともに話せる状態になってくれるかというところでしたが、大丈夫そうですね」

「申し訳ありません。冷静になって思い返すと、自分はかなり非常識な行動を取っておりました。ラコリナ子爵のおかげで、目が覚めましたよ」

そう語るラソーエ男爵の視線の先で、ラコリナ子爵は頷く。

「ラソーエ男爵はシービックに騙されたことで、極端に疑り深くなってしまったのです。何卒《なにとぞ》、寛大な対応をお願いいたします」

「シービック？　あぁ、少しだけ話は聞いていますよ。それでも、これまでの振る舞いはいただけませんが」

不機嫌な顔でそう口にするバルドーに、ラソーエ男爵は頭を下げる。

「申し訳ありません！」

しかし、バルドーは平坦な口調で続ける。

「まず前提として、テンマ様は非常に寛大なお人だと私は考えています。しかし、仲間……その中でも特に子供や、か弱い女性が理不尽な目に遭わされたときは話が別で、お怒りになられます。また、何度説明しても理不尽な振る舞いをする相手もお嫌いなようですよ」

明らかに最後はラソーエ男爵に向けた言葉である。

それは、言われた本人が一番分かっている。俯いてしまった。

バルドーはそれを見て、少し声を柔らかくする。

「ですが反省さえすれば、罰を与えるものの結局許してくださります。バルガス達の処遇についてもそうでしたし」

ラコリナ子爵は頷く。

「確かにそうでした。結果としてバルガスの奥さんを助けるわけですし、あまり罰という感じではありませんでしたね」

ラソーエ男爵はバルガスが具体的に何をして、どのような処遇になったのかを知らない。

だが、許される望みがあると思い、顔を上げる。しかし――

「ですが、ラソーエ男爵が反省したと言っても、信じてもらえるとは思えませんなぁ。何回も同じことを繰り返し、すぐに文句を言う。そして約束すら破るとなると、信用を勝ち取るのは難しい」

バルドーはそこで言葉を切り、ラソーエ男爵を見る。

以前の彼であったら、それこそ取り乱しそうな場面だが、今彼は自分の非をしっかり理解している。ただただ真剣な眼差しをバルドーに送っていた。

それを見て、バルドーは続ける。

「ラソーエ男爵、あなたが引退して別の者に跡を継がせる――それがすべてを丸く収める、唯一の方法だと、私は考えております」

　ラソーエ男爵はそもそも、自身の命すら差し出す覚悟をしていた。そう考えると、彼からすれば自分が身を引くだけで済むのなら全然悪い話ではない。

　しかし、ラコリナ子爵は不安げな顔で、バルドーに質問する。

「その程度で、テンマ様はお許しになりますか？　昨晩の雰囲気を見るに、そう簡単にお怒りを収めていただけるとは思えません」

「クックック、私の見立てでは、テンマ様はすでに怒っていませんよ。ただ、同じ間違いを繰り返す男爵と関わりたくないから、計画の変更を言い出しただけかと」

「「「えっ！」」」

　その場の全員が、驚きの声を上げた。テンマが報復として今回の計画変更を言い出したと、バルドー以外のこの場にいる全員が思っていたのだ。

「本当にテンマ様は面白いお方ですよ。夕食後にジジに膝枕してもらいながら、シルをモフっただけで機嫌が良くなり、大体のことを許してくださいますから。で、男爵はいかがされますか？」

　バルドーの言葉に、ラソーエ男爵は頷く。

「よ、喜んで引退します。その程度で済むなら、異論はございません！」

「では、テンマ様に話してみます。ただ、先ほど話したのは、あくまで予想です。その通りの結果になるかは、保証出来ませんよ」

「いえいえ、橋渡ししていただけるだけでありがたいです。バルドー様には感謝しても感謝しきれません！」

こうして、話はまとまった。

それから、『絶対にテンマの機嫌を損ねないように』と言い含められた上で、ラソーエ男爵一行も町に入ることに。

ひとまずテンマと顔を合わせないよう、バルドーはラソーエ男爵一行を、中継地の端の建物へと案内した。

テンマが戻るとバルドーが早速先ほどの話を伝え、明日の午前中に話し合いをすることになった。

それを聞いてから、ラコリナ子爵は、これまでの経緯を手紙に認《したた》め、それを持たせたうえで連絡員を走らせる。向かわせた先は、父のゴドウィン侯爵の屋敷。その手紙には、『ゴドウィン侯爵家で働いているラソーエ男爵の長男を連れてくるように』とも書かれていた。

こうして、ラソーエ男爵の行動に端を発したこの一件は収束へと向かっていくのだった。

第7話　オッパイかぁ！

俺、テンマはフライを使って、ハルの後ろを飛んでいた。

マリアさんを迎えに行くべく、移動しているのだ。

ちなみにフライを使える者はさほどいないので、気付かれると厄介かと思い、隠密《おんみつ》スキルを使っている。

「ハル兵衛、方向は合っているんだろうな?」

『だからその呼び方は……はぁ、あんた、やめる気ないでしょ?』

ハルは両手両足と尻尾を下にダランとさせる。

俺はそれを見て、ニヤニヤしながら言う。

「そうだな。俺は他の奴が付けた名前で呼びたくないんだ」

『な、何よぉ～!　やきもちなのぉ?』

嬉しそうに体をくねらせるハルに気付かれないように、尻尾を掴む。

すると、ハルは『ヒャッ!』と声を上げて全身をピンク色に染めながら文句を言ってくる。

『お、乙女《おとめ》の大事なところを掴まないでよぉ～』

「隠密スキルを使うと姿が見えないだろ。それだとハル兵衛が寂しいかと思ってな」

すると、ハルの体の色が更に赤みを増す。

『せ、責任をとってもらうわよ!』

その言葉を聞いて、獣人と同じように、ハルにとっても尻尾を触るのには特別な意味があるのかと思い、慌てて手を放す。

『あっ！』

切なそうに念話で声を発するんじゃねぇ！

「お、お遊びは終わりだ。王都に急ぐぞ！」

俺は誤魔化すようにそっけなく言うと、移動に集中し直すのだった。

◇　◇　◇　◇

二時間ほど空を飛ぶと、眼下にいくつものダンジョンに囲まれた大きな街が見えてきた。

ハルは胸を張り、自慢気に言う。

『ほら、私の記憶は正しかったでしょ？』

かつてハルに素材に関することを聞いたとき、だいぶ前のことをつい最近のことのように話していた。それを考えると、王都がここにあって良かったと思うばかりだ。

それにしても、ロンダの町がいくつ入るだろうと考えてしまうほど、王都はデカいな。

「ああ。奥にお城のような建物が立っているのを見ても、間違いなさそうだ」

『そうねぇ、前に来たときは街もこんなに大きくなかったし、面影《おもかげ》が少しも残ってないけど』

「いや、いつの話だ!?」

『え〜と、……最近の話よ！』

下手したら数百年……どころかもっと前の可能性すらありそうで怖いな……。

まぁそんなことを考えていても仕方ないので、俺はひとまずルームの中に入る。

リビングに行くと、ジジとミイ、アンナの三人がフルーツパフェを美味しそうに食べていた。

『チョットぉ〜、私がテンマに苛められながら案内している間に、そんな物を食べていたの⁉』

ハルは尻尾を振りながら、文句を言う。

……ってか、いつ俺が苛めた⁉

「「「あっ」」」

ハルの念話で、俺らが戻ってきたことに気が付いたようで、三人はこちらを向き、気まずそうな表情を浮かべる。

一拍置いて、ジジが聞いてくる。

「テ、テンマ様、休憩ですか？」

「王都に着いたよ。二時間ぐらいで着くと言っただろ？」

それを聞いて、三人は急いでパフェに向かう。

あっ、そんなに慌てて食べると……ほら〜！

ジジとミイは頭に手をやる。パフェに載っていたアイスのせいで、頭がキーンとなってしまったようだ。

アンナは、聖魔術を自分に掛けて状態異常回復をしている？ そんなことに聖魔術を使うなよ。

「慌てなくても大丈夫だよ。マリアさんの居場所をミイに聞きに来ただけで、まだルームに居ても良いからね」

「先に言って下さいよぉ～」

珍しくジジがそう抗議してくる。

俺は「ごめんごめん」と言いつつ手刀を切ってから、ハルを指差す。

「ここまで案内してくれたハル兵衛にも、デザートを出してやってくれ」

『本当⁉　呼び名は気になるけど、許してあげるわ！』

ハルは尻尾で俺の背中を撫でてから、ジジの横に座る。

ジジがハルにプリンパフェを出しているのを横目で見ながら、俺はミイの正面に座り、王都の街並みを紙に書き写す。完全記憶というスキルで、俺はどんな事象も一瞬で覚えられるから、これくらい朝飯前なのだ。

さて、王都のどこにマリアさんが住んでいるのかを聞くか……って、あれ？　ミイってこんなに綺麗だったっけ？

そう考えていると、ミイは顔を真っ赤にする。

「そ、そんなふうに顔を見られたら、恥ずかしいじゃない！」

ジジとアンナからも無言の圧を感じつつ、俺は慌てて言う。

「いや、髪の毛とか雰囲気とか……なんか変わったよね？」

「えっ⁉」

ミイの顔が、更に赤くなる。

そんな彼女の代わりに、アンナが口を開く。

「時間があったので、ミイさんと一緒にお風呂に入ったんです。それでテンマ様はそう思われたんじゃないですか？」

言われてみれば、確かに髪が艶々としている。

「あぁ、そういうことか。なんだか急に綺麗になった気がしていたんだけど……謎が解けたよ」

「私達がお風呂に入っても、そんなこと、言ってくれないのに……」

「だってジジは前から毎日入っているから、ずっと綺麗じゃんか」

今度はジジが顔を真っ赤にする。

それを横目に、ミイが声を上げる。

「そうよ！　しかもジジやアンナさんは強力な武器を持っているじゃない！　一緒にお風呂に入ると、悲しくなるのよ！」

ミイは自分の胸を見てから、二人の胸に視線を遣る。

すると、ジジが笑いながら言う。

「たまにシルが面白がって舐《な》めてくるから、大変なんですよ」

なんですとぉ！

お風呂に入る三人と一匹の妄想が浮かびそうになるのを堪えつつ、俺は慌てて口を開く。

「そ、そんな話は良いから、マリアさんの場所を教えてくれ！」

幸いにも、それに触れることなくミイが口を開くが――

「この地図、すごいですね！」

え、この乳すごいですね⁉

俺は驚きのあまり、思わず目を見開いてしまう。

……あ、ああ。『この地図、すごいですね！』か。ダメだ、一旦落ち着こう。

そんなふうに自らを落ち着かせていると、ミイは俺の質問に答えてくれる。

「そうそう、お母さんの居場所を知りたいのよね。お母さんはおばさんの宿で面倒を見てもらっているわ。場所はこの辺。宿の名前は『妖精《ようせい》の寝床《ねどこ》』よ」

俺は頷いてから言う。

「宿の場所が分かったら、ミイだけ呼びに来るよ。そしたら俺と一緒に宿に行こう。急を要する状態だった場合を考慮して同行してもらってはいるものの、アンナにマリアさんを治療してもらうのは帰ってからになると思う。俺が治療できるようだったらいいんだけど、アンナが治療するとなった場合に、外で目立つのはマズいからな。聖女の一件もあるし。そのつもりで備えていてくれ」

「「「分かりました」」」

三人仲良く返事をしてくれて嬉しいのだが、片手にパフェ、もう一方の手にはスプーンの状態なので、やはり締まらない。

なんだか微妙な気持ちでルームをあとにした。

◇　◇　◇　◇

少し手間取ったものの、宿は無事見つかった。

路地裏に入ってルームを開き、ミイをルームから出して宿に向かう。

宿はこぢんまりしているが綺麗で、ペンションと言った方が正確かもって感じだ。

ミイが中に入ると、五十歳前後に見える女性が、嬉しそうに走り寄ってくる。

「ミイ、無事に帰ってきたのね！　あの馬鹿はどこ？」

見た目は上品だが……笑顔で酷いことを言うな。

「お父さんは一緒じゃないわ。今日はお母さんに用事があってね」

おばさんは不思議そうに首を傾げてから俺を見て……ニヤニヤしながら口を開く。

「ホホホホ、ミイもようやく決心がついたのね。まあ、この子まだ若いんじゃないの？　まさか、年下が好きだったとはねぇ」

「なっ、なっ！　何を言うの、おばさん！　か、彼とはまだそんな関係じゃないから！」

「あらあら、恥ずかしがっちゃって。さあ、早くお母さんに紹介してきなさい！」

ありがち過ぎる展開に、俺の方が驚いてしまう。

ってかミイさんや、なんで満更でもないような顔をしてるんだ！

そんなことがありつつも、おばさんとの会話を終え、ミイは一階の奥へと歩いていく。

一番奥の扉の前まで行き、ノックすると、ハスキーで色っぽい「はーい」という声が返ってくる。

ミイは「お母さんただいまぁ！」と元気よく口にしながら、部屋に入る。

ミイに続いて部屋に入ると……ものすごい美人がいた。

見た目はアラサー、煌《きら》めきは二十代……否、そんな表現では彼女の魅力を言い表せない！

特筆すべきは、色っぽさだ！　……オッパイ杯、優勝!!

胸がものすごく大きいのだ。アンナやジジ……どころかドロテアさんを抜いて、大差で優勝出来るほど大きな果実が、そこにはあった。

ミイは今、その豊満な胸の中に抱きしめられているのだが……呼吸出来ているのか？

だが、左手から胸の一部にかけて、石化している。

それにしても、だ。ふつふつと怒りがこみ上げてくる。

オッパイかぁ！　バルガス、お前はオッパイで嫁を選んだんだろ！

イライラしていると、なんとか胸の拘束から抜け出したミイが口を開く。

「お母さんに大事な話があるの」

するとマリアさんは俺をちらりと見て、微笑む。

「そう、私は大賛成よ。で、私が生きている間に孫は見られるのかしら？」

すると、ミイは頬を赤く染める。

「ち、違うわよぉ。まだそんな仲じゃないからぁ！」

「あらあら、そんなタイミングでお母さんに紹介してくれるだなんて……ミイが良い子に育ってくれて、嬉しいわ」

「ば、ばかぁ～」

さっきのおばさんといい、血筋だなぁ。とんでもなく勘違いされている……。

とはいえ、誤解を一々解くのも面倒だし、本題に入るとしよう。

「え～と、マリアさん、話が進まないので、俺から説明してよろしいですか？」

「お義母《かあ》さんと呼んでくれて構わないわ。ええ、楽しみにしております」

いや、呼べねぇし呼ばねぇよ……。

俺は溜息を吐いてから、説明に入るのだった。

◇　◇　◇　◇

バルガス達が俺達を襲ったこと、そしてその結果俺の下僕として働くことになったというところまで、話し終えた。

すると、マリアさんは拳を握る。

「それは本当にごめんなさいね……もう、一生働かせて構わないわ！　ミイ、あなたもパパが馬鹿なことは知っているでしょ⁉　なんで止めなかったの？」

「だってぇ……」

「だってじゃありません！　今回のことは、命を奪われても文句を言えないくらいの大失態なのですよ……？」

「お、お母さん！」

ちょっとミイさんや、涙目にならないで。これまで何度か会話した中で、俺がそういうことをしないって、分かっているはずだよね？　……ね？

なんだかそこを突くのも怖いので、話を先に進めることにした。

「ともあれ、夫婦は運命共同体。今回の一件に関して、マリアさんにも責任を取っていただくことになりました。同じ罰をマリアさんにも受けていただくわけですね」

マリアさんは一瞬驚いた顔をして、それから微笑む。

「ふふふっ、仕方ありませんね。喜んで罰を受けましょう。ですがこの体では……」

さて、ここからが本題だ。

「少し症状の確認をして宜しいですか？」

マリアさんは快諾《かいだく》してくれた。

体が上手く動かせないようで、ミイに足に掛かっている毛布を剥《は》がすよう頼んでいる。

それじゃあ先に、腕の部分から状態を見るか。

俺は聖魔術を使えるが、他の魔術に比べてレベルが低い。完全に治療出来なくても、やれるだけのことはやってみて、ダメならアンナにお願いしようと考えている。

そうして状態を確認し始めたのだが……これは、予想以上に危険な状態だ。

左腕は肩以外が、脚は右脚こそ無事だが、左脚全部が石化している。そして左脚から延びるように、腰の辺りまで石になってしまっている。しかし、それよりも深刻なのは、左胸。胸の下側から横の脇腹にかけて石化しているのを見るに、肺の一部まで影響がありそうだ。息が出来ないというほどではないだろうが、呼吸し辛いんじゃなかろうか。

ふと見上げると、ミイと目が合う。ジト目だ。

……なんで？　あ、胸を色々な角度から眺めていると思われている!?　ご、誤解ですからぁ～！

慌てて後退すると、マリアさんが笑顔で言う。

「もし触られるのであれば、右胸の方を好きにして下さい」

えっ、良いの!?　……い、いや、そうじゃなくて！

「はははは、そんなこと考えてませんよー」

むしろそう言われると、意識しちゃうじゃんか！

そう思いつつも、俺は内心を悟られぬように咳払いして、口を開く。

「マリアさん、結構石化が進んでいますね。結構痛いんじゃありませんか？　それに――」

「お願い！　娘の前では……」

見ると、マリアさんの目には少し涙が浮かんでいた。

第8話　優勝杯《カップ》

これまでゆったりと話をしていたマリアさんの表情は、どこか悲痛なものに変わっていた。

恐らく、辛いのに娘を思って我慢していたのだろう。

マリアさんは体が痛んで呼吸し辛いことをミイどころか、たぶんバルガスにも言っていない。

バルガスがマリアさんの症状を聞いていれば、絶対に彼女の元を離れなかったろうし。

「えっ、どういうこと？」

動揺するミイを見て、マリアさんは目を何度も瞬かせる。

俺は、慎重に言葉を選ぶ。

「これからたくさん働いてもらうんですから、治ってもらわないと困ります。とはいえ、俺の聖魔術では治せなさそうです」

「な、治せないの⁉」

ミイは叫ぶように聞いてくる。

しかし、あまり深刻な感じを出さないようにするためだろう、マリアさんはゆったりとした口調で言う。

「あらあら、テンマさんは聖魔術まで使えるのね。けれども、王都で一番の聖魔術師すら治せないと仰っていました。だからこそ、主人がダンジョンにしかないなんでも治せる万能薬を探しにいっていたわけですし」

「でも、相当お辛いですよね？　呼吸すると痛みがあると思います。それに、心臓にもそろそろ――」

「あなたは、娘の前で平気でそういうことを言うのね！」

「どういうことよ！」

ミイはマリアさんの怒鳴り声を聞いて、更に混乱してしまう。

だけど、しっかり病状を把握することは、治す上で大事なことなのだ。

「マリアさんの反応で、概ね俺の診断が正しいと確信できました。安心してください、すぐに治しますから」

俺はベッドから少し離れて、ルームの扉を開く。

元々は帰ってから治してもらう予定だったが、病状が悪いし、何より話がこじれそうなので今治してもらった方が良いだろうと結論付けたのだ。部屋の中で治療しても、目立つことはないし。

「えっ、ルーム!?」

驚くマリアさんに「少々お待ちを」と告げ、俺はルームの中へ。

すると……ハルが美味しそうにパフェを食べていた。

いや、ハルだけではない。なぜかジジやアンナも、まだパフェを食べている。

……さっきと種類が違うってことは、お代わりしたのか……。

俺が来たのに気付き、ジジとアンナは急いで残りを食べ始める。

ジジはいつも通り、頭がキーンとなったようで顔を顰めている。

それを横目に、アンナが口を開く。

「テンマ様、私の出番ですか？」

「うん、頼むよ……」

甘い物を食べ過ぎると太るよ……。

乙女に対してそれを言ってはいけないことくらいは分かるから、口には出さないけど。

アンナを連れてルームから出ると、ミイがマリアさんに縋りついて泣いていた。

俺とアンナに気が付いたマリアさんが、口を開く。

「メイド…さん？」

突然現れたメイド姿のアンナに、マリアさんは混乱しているようだ。

ミイは俺の姿を見ると、俺に詰め寄ってくる。

「治してくれるのよね！　ねぇ！　イタッ！」

煩《うるさ》いので、デコピンで黙らせてやった。

続いて、俺は語調を強めて言う。

「おいおい、アンナなら治せるはずだって、ここに来る前に説明しただろ。それに万能薬の実物だって見せた。アンナでも治せなかったら使ってやるから安心しろ！」

「そ、そうだった……」

ミイは反省するように呟いた。俺はミイの肩に手を置いて言う。

「顔はマリアさんに似ているけど、性格はバルガスに似たんだな」

「イヤァァァァァァァァ！」

散々馬鹿だと言っていた父親に似ていると言われたら、そりゃショックだろう。

でもよく考えないで、すぐにこっちを批難してくる感じ、そっくりだもん。

「テンマ様、恐らく私なら、後遺症なく治せるかと存じます。治療に入ってよろしいでしょうか？」

「うん、頼むよ」

そうしてアンナが魔法を発動すると、石化部分が青白く光る。

そして光が収まると、石化していた部分が、人間の肌へと戻っていく。

マリアさんは回復した自分の左手を動かして、目を潤ませる。

そんな母親の姿を見て、ミイは鳴きながら彼女に抱きついた。

抱きついてきた娘をしっかりと抱きしめるマリアさん。

でも、ミイが胸に埋もれて呼吸が出来ていないように見える。

ミイの体が小刻みに震え始めたタイミングで、ようやくマリアさんは抱擁《ほうよう》を解く。

「プハァ！　久しぶりにママの胸で死にそうになったわ。グスッ」

「ふふふっ、そうね。片腕だと逃げられちゃうもの」

これがオッパイ杯優勝者の家庭の日常なのか⁉　俺も――

殺気の籠ったアンナの視線を感じて、イケない妄想を振り払う。

そして、口を開く。

「ひとまず、出発の準備をしてくれるかな？　詳細は移動中に聞いてほしい。アンナ、悪いけど予備で渡してある下着や服を彼女に貸してあげて。それと、マリアさんが持っていきたい物があるなら、収納で運んで欲しいんだ。着替える必要もあるだろうし、俺はルームで待っているから、支度が出来たら呼んでくれ」

「了解しました」

そうしてルームに入り、俺はシルを捕まえてモフるのだった。

◇　◇　◇　◇

ルームから出ると、この世の奇跡を目にした。

……マリアさんが普通に立ち上がったというだけだが。

この世界の下着は、現代日本のようなピッチリした物ではなく、ゆったりしたランニングシャツのような物が主流だ。

だが、アンナの下着（俺が製作した、サイズ自動調整機能が付いた物）を付けたことで、マリアさんのスタイルが余計に良く見える！

……もっとも、サイズ調整されているはずなのに、伝説《オッパイ》はその中に収まっていないわけだが。

ちなみに服はアンナに渡していた、聖女スタイルの物だ。

突然、マリアさんが片膝をついて俺に頭を下げてくる。

「残りの人生はすべて、テンマ様に捧げたいと思います！」

待って、重い！　重過ぎですぅ！

顔を上げて俺の答えを待つマリアさん。前かがみの姿勢なので胸が更に強調されて……違う意味で重そう。

マリアさんは俺の視線に気が付いたのか、頬を赤く染めながら両手で優勝杯を持ち上げ、言う。

「ど、どうぞ」

えっ、それはもしかして！　……ゾクッ！

殺気を感じて振り返ると、アンナがこちらを射殺すほどの眼光で睨んできている。

非常に危険！　頭の中で警報が鳴り響く。

このことがジジや、ドロテアさんにも伝わってしまったら……。

すべての欲望が体の中から消えていき、俺は悟りを開いた。

無感情のまま、俺は口を開く。

「マリアさん、誤解ですよ。石化が完全に治ったか確認していただけです。健康になったようで安心しました。これからご主人のいるところに一緒に移動します。そこにはドロテアさんやバルドーさんもいますので、元気な顔を見せてあげて下さい。アンナ、荷物はまとまったかな？」

「はい、収納してあります」

「ありがとう。それじゃあ先にルームに戻っていてくれ。マリアさんとミイの二人はマリアさんの妹さんに顔を見られているから、宿を出てからルームに入ってもらいます」

俺のその言葉に、全員が頷いてくれた。

そしてルームにアンナを戻すときに、アンナが耳元で囁いた。

「あとでジジと一緒にマリアさんの胸ばかり見ていたお話について、お伺いしても？」

背中が粟立《あわだ》つのを感じる。

なんでそんな酷いこと言うんだよぉ！　俺が悪いんじゃない。優勝杯が悪いんだー！

第9話　マリアの説教

部屋から出て、宿の一口へと向かう。

「マ、マリア姉さん！」

石化が治ったことに気付いたようで、おばさんが驚いた顔でマリアさんに声を掛けてきた。

マリアさんはそんな彼女に抱きつく。

「メアリ！」

おばさんは、メアリさんって言うのか。

それにしても改めて見ると、どう見てもマリアさんの方がかなり若く見える。

魔力が高ければ高いほど肉体は老《お》いにくい。そんな現実を改めて突きつけられた形だ。

ピピが幼い姿のままだったらどうしようと、不安を感じてしまう。

「ど、どうして？　なぜ急に治ったの？」

涙を流しながら、メアリさんが聞くと、マリアさんが答える。

「テンマ様が治してくれたのよ」

実際に治したのはアンナだが、俺が治したことにしておくよう、言い含めておいたのだ。

メアリさんは「あ、ありがとうございます！」と口にして、頭を下げてくる。

「気にしないでください。その代わり、マリアさんには色々とお願いを聞いていただきますし」

「そ、それはどういうことですか……？」

メアリさんが少し戸惑ったようにマリアさんの顔を見ると――

「私はテンマ様に一生仕えるのよ。まあ、奴隷みたいなものね」

「ど、奴隷⁉」

仕方がないので、これまでの経緯を説明した。

「要するに、三ヶ月俺の手伝いをしてもらうだけです」

そう締めると、すかさずマリアさんが口を開く。

「いいえ、私は一生お仕えします。私だけでなく、ミイもね！」

もうそれはいいですって……。

内心呆れていると、メアリさんが呆然としているのに気付く。

「タクトが八歳の少女に怪我をさせ、ジュビロは従魔を攻撃した……」

そう呟くメアリさんを見て首を傾げていると、ミイが耳打ちしてくる。

「タクトとジュビロは、メアリおばさんの孫なのよ……」

何それ！　聞いてないよぉ～！　だったらもう少し言葉を選んだのに！

すると、マリアさんが拳を握る。

「二人のことは私に任せなさい！　バルガスと一緒にお仕置きするから！」

マリアさんの後ろに、深紅《しんく》の炎が見える気がするぅ～。

これ以上騒ぎが大きくなる前に、出発しよう。

「すみません。急がないと明るいうちに戻れなくなります」

マリアさんは頷いてから、メアリさんの方を向く。

「王都に戻ったら、必ずこの宿に来るから。そのときはドロテアさんやバルドーさんも一緒よ。美味しい料理で歓迎してね？」

「分かったわ。姉さん、必ず顔を出してね」

そうして宿を出て、すぐに路地裏へ。ルームを開いてミイとマリアさんを中に入れる。

すぐに隠密スキルで姿を消して、フライで中継地に向かう。

ハルの案内は必要ないから、帰りは一人だ。

◇　◇　◇　◇

一時間も掛からず、中継地が見えてきた。

上空から拠点の様子を窺うと、ミーシャとピピがバルガス達にしごかれているのが見える。

その近くに降りて、隠密スキルを解除すると、すぐにピピが駆け寄ってきた。

「あっ、お兄ちゃんおかえりぃ～！」

「ただいまぁ～」

飛びついてくるピピを受け止め、そう返事する。

ピピが抱き着いてくる際に、彼女の腕の中に抱えられていたピョン子はジャンプして俺の顔に蹴りを入れてきたが、額で返り討ちにしてやった。

ピピと戯《たわむ》れていると、バルガスが焦れたように俺に尋ねてくる。

「マリアは無事なのか？」

俺は深刻な顔で、頭を下げる。

「バルガス、すまん！」

「おい、嘘だろ⁉」

俺はバルガスをからかってやることにした。

……決して優勝杯を恣《ほしいまま》にしていることを恨んでいるわけではない。決して。

「いや、安心してくれ。石化は完全に治癒した」

俺がそう口にすると、バルガスはホッとしたように息を吐く。

「しかし……」

「な、なんだよ！」

俺は申し訳なさそうな表情で言う。

「今回の事情を話したら、『バルガスとは別れる』ってマリアさんが言い出して……」

「なんで⁉」

目を剥くバルガス。

我ながら、最高の演技が出来ている気がするぞ。

「俺にすべてを捧げると……」

「テ、テメェー！　マリアに手を出したのか⁉」

バルガスは額にいくつも青筋を浮き上がらせて、詰め寄ってくる。

「いやいや、それは絶対ダメだと言ったんだが……」

「そ、それで？　ゴクッ」

バルガスは唾を呑み込んだ。

があまりにも真剣過ぎて……我慢出来な……。

「クックック、冗談だよ！　ははは‼」

「なっ、このクソ坊主《ぼうず》がぁー！」

バルガスはレッドオーガのような表情で、激怒した。

「それは酷過ぎるよ！」

「冗談になっていないよ！」

タクトとジュビロも、文句を言ってきた。

だけど、そんなことを言える立場なのかな……？

「あぁ、そうだ。メアリさんが、『王都に戻ったら二人に話がある』って言っていたよ！」

「「えっ」」

二人の顔色が、急に悪くなる。

だが、タクトはどうにか叫ぶ。

「そ、それも冗談だろ！」

「冗談じゃないぞ。マリアさんに聞いてみるか？」

俺はそう言いつつ、ルームの扉を出す。

「あのバカ、伝説のハル様に攻撃したのね」

ルームを出るや否や、マリアさんは早速俺に聞いてくる。

ああ、ルームの中でハルに聞いたのか。そういえば話していなかった。

軽く頷くと、マリアさんの目が潤んでいく。

しかし、そんなことはお構いなしに、マリアさんが回復したことを喜び、バルガスが駆けてくる。

「マ、マリアァァァ！　ブヘェ！」

マリアさんの手には、いつの間にかロッドのような武器が握られていた。

その持ち手部分で、バルガスの顔面を容赦なく殴《なぐ》ったのである。

体格の良いバルガスの体が宙に浮き、二回転したあとに地面に落ちた。

そして、マリアさんはうつぶせに倒れているバルガスの頭に何度もロッドを打ち付け始める。

まったく手加減している様子はない。

「そ、それ以上は！」

「そろそろ許してあげて下さい！」

「黙りなさい！」

タクトとジュビロがマリアさんを止めようとしたが、逆に叱られてしまう始末。

「「死んじゃいますよ！」」

尚もそう口にした二人に、マリアさんはぴしゃりと言う。

「二人にも話があるわ。そこで正座して待ってなさい！」

「「えっ」」

「正座！」

「「ハイッ！」」

あぁ～、自分で地獄《じごく》の門を開いてしまったようだねぇ……。

マリアさんは、それからしばらくの間、何度もロッドでバルガスの頭を殴りつけた。

ミイはそれを気にした様子もなく、ピョン吉の抱き心地を楽しんでいる。

……バルガスの物理攻撃に対する耐性が高い理由が、分かった気がした。


「おお、やはりマリアの魔力反応じゃったか！」

少しするとドロテアさんが拠点から出てきて、そう叫んだ。

それによって、ようやく殴打《おうだ》が止む。

「ドロテアお姉さん！」

血だらけのロッドを放り出して、マリアさんはドロテアに抱き着いた。

「相変わらずマリアは甘えん坊じゃなぁ」

「ドロテア姉さんが私を助けるように言ってくれたんでしょ！　やっぱり姉さんは優しいわ！」

二人が抱き合った瞬間に、『むにゅう』という音が聞こえた気がする。

「う、うむ……だが私がバルガスの顔を覚えていれば、こんなことにはならなかったかもしれぬのじゃ」

ドロテアさんは一応反省しているみたいだな。

「いえ、あの馬鹿は死なないと治りませんわ！」

マリアさんはそう言いながら、今度は火魔術と水魔術の初級魔法を交互にバルガスに放つ。

魔法攻撃耐性は、これで鍛えられたのかぁ……。

水や火の球が当たるたびにバルガスが変な叫び声を上げるのを見るに、死なないように威力は調整しているようだが、可哀想ではある。

そんな様子を見て、ドロテアさんは感嘆の声を上げる。

「マリアは相変わらず、魔力制御が上手いのぉ～」

「そろそろお姉さんより強くなったかもしれませんわ」

マリアさんは挑戦的な笑顔を見せた。

「ふふふっ、私もテンマに鍛えられて、魔法が上達したのじゃ。まだまだ負けないのじゃ！」

「あらあら……私もテンマ様に一生ついていきたいですわ。知らなかった色々なことを教えてくれ

そうです」

俺も優勝杯で、色々と教えてほしいです！

「まさか、私のテンマに手を出す気じゃないだろうな！」

いつからドロテアさんの物になったんじゃあ！

そう思っていると、マリアさんはなぜか突然涙を零す。

「ドロテア姉さんにも春が来たのね。グスッ、嬉しいわ！」

マリアさんはそう言って、ドロテアさんの胸に顔を埋める。


そんな和やかな件はあったものの、それから地獄のような説教が始まった。

タクトとジュビロは、マリアさんにロッドで何度も全身を叩かれていた。

手加減していたようだが、ついにはタクトの腕が骨折してしまう。

さすがに説教は終了だと思ったら、ミーシャとピピがポーションで治してしまった。

それを見たマリアさんは嬉しそうに微笑むと、殴打を再開。

結局、おしおきが終わる頃には、彼らの物理攻撃耐性が一段階ずつレベルアップしていた。

そしてその日、バルガスは拠点に戻ってこなかった。

第10話　整いました！

説教を見ていると、バルドーさんから文字念話が飛んできた。

『話がある』とのことだったので、ジジとどこでも自宅のダイニングへ。

バルドーさんと向かい合って座る。

ジジがお茶を置いてくれたタイミングで、バルドーさんはいつものように微笑みながら口を開く。

「テンマ様、計画変更について相談したいことがございます」

「もしかしてラソーエ男爵のことで、良い案でも浮かんだ？」

バルドーさんは少しだけ眉をピクリと動かしたが、笑みは崩さない。

「テンマ様はラソーエ男爵のことで、私が何か意見することを予期しておられたのですか？」

「まぁ、計画を変更するとなれば、手続きが面倒だろうからね。ひとまずあのときには場を収めることを優先しただけで、代案を持ってくる可能性はあるかなって」

正直、あのときは俺も感情的になり過ぎていた。

迂回ルートを作るのは結構面倒だし、王家まで絡むとなれば騒ぎが大きくなり過ぎる。

そういう意味では、バルドーさんがしっかりブレーキとして機能してくれて良かった。

「ははは、私はテンマ様に上手いこと使われたようですね」

どちらかと言えば、いつも俺の方がバルドーさんの手のひらの上って感じがするけど。

ともあれ、今は計画について話すのが優先だ。

「それで、どう進めているの？」

「いえいえ、テンマ様の許可なく勝手に物事を進めるなんてあり得ませんよ。まず、順を追って説明いたしましょう。昨日追い出したラソーエ男爵は、本日改めて交渉しようとしていたようで、近くで待機しておりました。で、そのラソーエ男爵に自分がどれほど失礼なことをしているのか、ラコリナ子爵が自覚させてくださったのです」

「へぇ～、ラコリナ子爵が……。ラソーエ男爵は、現状を理解出来たのかな？」

「驚くほど素直に反省しておりました。ラコリナ子爵曰く、『ラソーエ男爵は単純だが実直な人物』だそうで。しかし、コーバル子爵家のシービックに騙されて疑り深くなり、それでも必死に領を立て直そうとした結果、あのような態度を取るようになってしまったんだとか」

あぁ、そういえばそんな話も聞いた気がするな。

シービックは色々な人に迷惑を掛けているようだし、気の毒だとは思うけど……。

「そこら辺の事情はともかくとして。一時反省したとはいえ、ラソーエ男爵が同じことをしないとは断言出来ないですよね？」

「はい。ですのでラソーエ男爵には引退してもらい、跡継ぎを立てていただくことになりました。

本人も納得しています」

確かにそれなら問題ないか……。

正直、ラソーエ男爵が反省しているかは、俺には分からない。

ただ王家まで巻き込んで計画を変更するとなれば、どの道ラソーエ男爵はただでは済まない。

家族まで巻き込むことは望んでいないし、確かにこの方法がベストな気はするな。

ただ、引退したとしてもラソーエ男爵の息がかかった者を跡継ぎに据えたら、問題が解決しているとは言い難い。どうしよう……。

あまり相手を追い詰めるのは良くないし……っていうか段々自分が理不尽なことをしているんじゃないかって気持ちになってきたぞ。

迷っていると、バルドーさんが提案してくる。

「明日の午前中に、ラコリナ子爵とラソーエ男爵と話し合いをする予定です。もう一度お会いになりませんか？　会ってみて見えることもありましょう」

確かに、こうなったら実際に会ってみないと判断出来そうにない。

「では明日の話し合い、俺も参加します」

「それでは、そのように調整しておきます」

バルドーさんは本当に優秀だ。

◇　◇　◇　◇

翌朝、目を覚ましてすぐダイニングに行くと、顔面を腫《は》らしたバルガスとジュビロ、タクトが正座させられていた。

照れくさそうに笑顔を見せるバルガス。

怖っ！　腫れ上がった顔に笑みを浮かべると、完全にホラーだぞ。

すぐそばのテーブルでは、ドロテアさんとマリアさんが楽しそうに会話している。

気の毒だが、彼らを許すようお願いしたら、俺も正座することになるだろう。

俺は胸を痛めながらも、彼らの存在を無視して席に着き、朝食を摂るのだった。


それからバルドーさんと一緒に、前回ラコリナ子爵と話し合った建物に移動する。

中に入ると、ラコリナ子爵達とラソーエ男爵が立って俺を出迎える。

うん、完全に平民冒険者を迎える態度ではない。

もう諦めて、この状況を受け入れるしかない。ラソーエ男爵を追い出した時点で今更だし。

明らかに上座と思われる席に座らされた。バルドーさんは、横に控えている。

自分から見て右にラコリナ子爵達、左にラソーエ男爵がいるんだけど……なんで立っているんだ。

「皆さん座って話をしましょう」

そう口にすると、ラコリナ子爵達は座ったが、ラソーエ男爵だけが立ったまま謝罪を始めた。

「テンマ様、私は自分や自領のことばかり考え、テンマ様に大変失礼なことをしてしまいました。許されないのは百も承知ですが、せめて謝罪させて下さい。本当に申し訳ありませんでした！」

ラソーエ男爵は深刻な表情で、深々と頭を下げている。

しかし、簡単に許して『ハイ終わり』ってわけにもいかないだろう。

「頭を上げて下さい。話が出来ませんから」

ラソーエ男爵が顔を上げ、席に着くと、ラコリナ子爵が話し始める。

「テンマ様、ラソーエ男爵は本当に反省しています。もう一度だけ、やり直す機会をいただけないでしょうか？　私が責任を持って男爵を監視します。どうか、お願いいたします！」

くっ、これじゃあ俺が酷いことを強いているみたいじゃないか！

問題が起きないように、迂回することにしただけなのに……。

すると、バルドーさんも続けて口を開く。

「ラコリナ子爵、ありがとうございます。テンマ様、私の命をお預けいたします。ですから、計画を変更することをお許しいただけないでしょうか？」

はあ～、どうするかなぁ？

ラソーエ男爵が反省しているのは間違いないし、そこまで追い詰めるつもりはなかったけど……。

何か良い案は……あっ！

「整いました！」

「「「えっ？」」」

声に出してしまったぁ～！

皆さん、驚いた顔で俺を見ている。

「いや、色々と考えが整理出来たのです。え～と、まずラソーエ男爵は引退してください。跡継ぎはいるのですか？」

「ラソーエ男爵の息子さんが、ゴドウィン侯爵家で働きながら領政の勉強をしています。非常に有望な若者です。彼を据えるのが良いかと」

ラコリナ子爵が説明してくれた。

彼が高く評価しているなら、問題ないだろう。

「では、早めに引き継ぎをしてください。手続きには時間がかかるのかな？」

「その辺は私にお任せ下さい。調整いたします」

バルドーさんなら、大丈夫でしょう。

「引き継ぎまではラソーエ男爵には今まで通り仕事を続けてもらいます。引き継ぎが終わりましたら、ラソーエ男爵と奥様の身柄は私が預かります」

「そ、それは処罰するということでしょうか？」

俺の言葉に、ラコリナ子爵は驚いて質問してくる。

「まあ、そういうことになるのかな？」

「確かにラソーエ男爵の行いは許されるものではありません！　しかし、命まで奪うのは……」

「ラコリナ子爵、私と妻の命を引き換えに息子にラソーエ家を託せるのであれば、妻も納得してくれるでしょう。ただ、死んでも妻には頭が上がらないでしょうな。はははは！」

ラソーエ男爵はスッキリした顔で、豪快に笑った。

いやいや、死刑にするとは言ってないよ!?

まぁでも、それより先に話しておくべきことがある。

「何か誤解があるみたいですが、あとで説明しましょう。それより、私がこうしてお願いを聞くということは、ラコリナ子爵もなんでも強力してくれるんですよね？」

「えっ!?」

まさか自分に矛先《ほこさき》が向くと思っていなかったのだろう。ラコリナ子爵は驚いたように声を上げた。

「ラコリナ子爵が協力してくれることを前提で話していたのですが、難しいのですか？」

「も、もちろん協力させていただきます。ですが、ゴドウィン侯爵家まで巻き込むのは勘弁していただきたく……」

ふふふっ、先ほどまであんなにカッコ良く話していたのに、自分のこととなるとたどたどしくなるんだね。なんだか、少し意地悪したくなってしまう。

「う～ん、でもラコリナ子爵はゴドウィン侯爵家の子息ですよね？　領地も元を正せばゴドウィン侯爵の物だし、どうあっても巻き込んでしまいますが……そうですか、難しいんですね。残念です」

「あっ、やっ、か、可能な限りご協力させていただきますが、内容によっては父の許可が必要ですので……」

ははははは、苛め過ぎたかなぁ？

俺は詳しく説明することにした。

「まずは、出来るだけ早くラソーエ男爵の息子をラソーエ領に連れてきてください」

ホッとした表情で、ラコリナ子爵が答える。

「それならすでにラソーエ男爵の息子さんを、こちらに送るように連絡を出しています」

おっ、仕事が早いねぇ～。それじゃあ次のお願いだ。

「ラソーエ領を開拓する手伝いをしていただきつつ、ラソーエ男爵の息子さんの後ろ盾になっていただくことは可能ですか？」

「喜んで協力します。なんなら父にも頼んでみます」

「ありがたいです。あ、そうそう。結局中継地ってここに作ってしまって問題ありませんよね？」

「はい、むしろこちらからお願いしたいくらいです」

「そうですか、それなら良かった。では、ラコリナの町から王都方面へ続く道の整備は、俺からテックスに頼んでおきますね」

正直ここに至ってテックスの正体を隠す意味は皆無に等しいが、まぁ形式上ね。

「そ、それは、ありがたいお話ですが、よろしいのでしょうか？」

ラコリナ子爵の言葉に、俺は頷く。

「ええ、その代わりラソーエ領に人材を送ってください。まったく足りていませんので。ラソーエ家単独で維持出来るようになるまで、助力いただきたいんです」

　ラコリナ子爵は少し考えてから、答える。

「……可能な限り協力したいと思います。しかし、こればかりは私の一存では決められないので、ゴドウィン侯爵に相談してから正式に回答する形でよろしいでしょうか？」

「分かりました。とはいえ、早めにお返事いただきたいです。バルドーさんと協力して細かい調整を行《おこな》ってください」

「分かりました」

「お任せ下さい」

　ラコリナ子爵とバルドーさんが、それぞれそう返事してくれた。

　俺は大きく息を吐いてから、バルドーさんに笑みを向ける。

「これで最初の計画より、良くなったんじゃないですか？」

「そうですなぁ。王都の方へも移動しやすくなりますし、中継地も早くに使えるようになるでしょう。ラソーエの町だけが不安でしたが、それもゴドウィン侯爵家が協力してくだされば、解決します」

　俺は大きく頷く。

「それならラソーエの町の開発も、テックスに手伝ってもらえるよう、お願いしてみましょう」

「クックック。では、テンマ様から話を通しておいてください」

　全員が呆れた顔をしている。

バレバレなのは知っているよ！

はてさて、こうして計画はより良い形でまとまった。

それでは、ラソーエ男爵の処罰を言い渡そう。

「で、ラソーエ男爵。あなたには引き継ぎが終わったら、ロンダで新しく発見されたダンジョンの近くに作った村へ行ってもらいます」

「「「えっ！」」」

全員が驚いた顔をしている。

「人手が足りないので、管理してください！」

「はははは、そういうことですか。罰として、働いてもらうのですね」

「「「えええっ!!」」」

「バルガス達と同じですよ」

バルドーさんと俺はそんなふうに話しながら頷き合う。

それ以外の面々は、混乱しているみたいだけど。

第11話　ゴドウィン侯爵親子

方針が決まってから、一週間が経った。

俺は今、ある物を作っている。

作業がてら、ひとまずここで現状を整理してみよう。


話し合いに決着がついたことで、一気に色々なことが動きだした。

ラコリナ子爵はすぐに自分の町に戻り、ゴドウィン侯爵に話を通すべく動いてくれているみたい。

ラソーエ男爵もバルドーさんと話し合い、今後の予定を決めると自分の町に戻っていった。

そうして残った俺達は、いくつかのチームに別れて行動をすることにした。

まず、ドロテアさんとマリアさんの二人が、ラコリナの町から王都方面の道の整備をする。道自体はすでにあるので土魔術で固めるだけだが。

ハルは自ら率先して魔物を間引くためについていくと言い出したが、きっとマリアさんが『伝説のハル様』と言って甘やかしてくれるからってのが本音だろう。まぁ問題を起こさないのならいい。

ついでにドロテアさんの従魔のピョン吉も、一緒についていっている。

そんなドロテア隊（仮）は、アンナのルームで寝泊まりすることになるので、面倒を見てもらう意味も込めて、アンナを同行させることにした。

こうして俺はトラブルメイカー達と別行動出来ることになった！　……と安心したのも束《つか》の間《ま》。

俺が彼女達をルームに入れてフライで送っていった際に「困ったことがあれば呼んでくれ！」と言ったら、『毎日、どこでも自宅の大きな風呂に入りたい』と言われてしまう。

それによって、夜に迎えに行き、翌朝送り届けることが日課になってしまった。

正直あんまりアンナを同行させた意味もなくなってしまったわけだが……。

……まぁそれでも、付きっきりでなくていいだけマシか。

ちなみに、ドロテアさんとマリアさんは会うたびに、次のようなことを口にしている。

『今日も変な連中に絡まれて、魔法で吹っ飛ばしてやったのじゃ！』

『私も土魔法が苦手だったんだけど、丁寧に土魔法を使い続けると、魔力操作が格段に進歩するのね。殺さないギリギリまで痛めつけるのが上手くなりそう～』

うん、マリアさんも間違いなく危険な存在だ。昼間だけでも別行動出来ることに感謝しよう。

バルドーさんは様々な調整をお願いしているぶん、色々な場所に顔を出す必要がある。

その結果、ラコリナの町だけでなく、ラソーエや王都にまで俺が送り迎えをすることになった。

しかもバルドーさんはどこかへ顔を出す度に、必ず俺の新たな仕事を獲ってきてしまう。

なので、毎日夜遅くにテックスが稼働しなければならなくなってしまった。

それ以外のメンバーは、訓練を続けている。

現在、ミイとタクト、ジュビロとリリアの訓練はミーシャとピピに任されている。

ミイは最初、マリアさんに魔術を習っていたのだが、そもそも身体能力や物理攻撃力、物理耐性が低く、レベルもそれほど高くないので、先にテンマ式研修生活を送ることになったのである。

で、タクトとジュビロ、リリアも折角だし一緒にテンマ式研修に参加しよう、という流れだ。

三人とも運動系の訓練には音《ね》を上げなかったものの、魔力枯渇させる訓練や毒や麻痺《まひ》に慣れるためのメニューには不満を漏らしている。

まぁ、ロクに食事も食べられていないみたいだしな。

ちなみに、ミーシャとピピも手が空いたときには、バルガスに稽古《けいこ》をつけてもらっているようだ。

俺は忙しい合間を縫《ぬ》って、バルガス達の訓練用装備を作って渡してやった。

そして、俺が作ったのはそれだけではない。


俺は今作っている物に視線を遣る。

これは優勝杯を入れるための箱――もとい、マリアさんの衣装である。

『優勝杯の、優勝杯による、優勝杯のための衣装！』

この名言を形にするべく、様々な衣装を試作した。

……まぁ俺は優勝杯ではないから厳密には違うが、こういうのは勢いだ！

体や肩に負担が掛からないようにしつつ、締め付け過ぎず、かつ柔らかさを視認出来るように……なんて色々と工夫した上でまず試作品一作目を完成させた。

サイズをジジに合わせて、プレゼントすると『すごいです！　肩が軽く感じます！』と良い反応が返ってきた……が、これはまだ未完成。

揺れは悪くなかったものの、より重量が上の優勝杯が相手では、耐えられるか微妙なところだ。

そう思いつつ、色も工夫して試作品二作目を作り、今度はドロテアさんに渡した。すると、『テンマ、珍しく私に優しいのじゃ〜！』と感動されてしまう。

優勝杯のための試作品だとは、口が裂けても言えなかった。

それから何度もトライアンドエラーを繰り返して……結局、戦闘用、普段着、部屋着など用途毎に作り分けることに。

最後の一着を作り終え、出来上がった作品の全てを並べる。

……中々に壮観だ。

俺は早速マリアさんを呼び、試着をお願いする。

そして……間違っていなかったと確信した。

全ての衣装を身にまとったマリアさんを見た後、俺は無意識に優勝杯に向かって両手を合わせ、祈りを捧げながら涙を流す。

その結果、女性陣にジト目で睨まれるが、後悔はない！

だが、これで終わりではない！　俺にはまだ『超えねばならぬ戦い』があるのだ！

今は寒くて水浴びが出来ないが、いずれ優勝杯を包み込む、最高の水着を作らねば……。

俺の戦いは、まだまだ続く。

◇　◇　◇　◇

更に二日後。

バルドーさんから『今日の夕方には、アルベルトさん一行が合流する』と報告を受けたので、久しぶりに一緒に旅に出たメンバー全員が、拠点に集まる。

ジジに膝枕してもらいながらシルモフを堪能していると、バルドーさんがリビングに入ってきた。

「テンマ様、ゴドウィン侯爵とラコリナ子爵からご挨拶したいと連絡がありました。もうすでに門のところに着いたとのことで」

ええ～、面倒臭いなぁ。

「バルドーさんにお任せします。必要ならドロテアさんも連れていってください」

「もちろんドロテア様にも来ていただきます。ですが、テンマ様にご挨拶をしたいと仰られておりますので、来てください！」

はあ～、仕方がないかぁ！

俺は身を起こす。

「では、ドロテアさんとマリアさん、バルガスは一緒に来てください！」

「えっ、俺も!?」

バルガスはなんで他人事《ひとごと》なんだよ……。

俺は溜息を吐いてから、言う。

「あんたはゴドウィン侯爵の依頼でここに来たんだろ？　きちんと挨拶するべきじゃないのか!?」

「バルドーさんとアンタが上手いことやってくれよ！　グボッ」

馬鹿は、マリアさんによって粛清《しゅくせい》されました。

「あんたは黙ってついていきなさい！」

「ひゃい……」

口から血を流しながら、馬鹿はマリアさんの言葉になんとか返事した。

「悪いけど給仕をお願いしたいから、アンナとジジも一緒に来てくれるかい？」

俺がそう言うと、二人はコクリと頷く。

「「はい」」

「ピピとミーシャはどうする？」

「「行かない！」」

そうだよねぇ～。

あとは……ハルか。伝説の存在ってことだし、念のため一緒に連れていくか。

拠点を出て、中央にある役所に向かう。

なぜかシルも遊びに行くと勘違いしてついてきた。

道中、たくさんの人々が作業しているのが見える。

ラコリナ子爵はすぐに町に職人を送り込んできてくれたけど、それでもまだまだ先が長そうだな。

ちなみに、作業に使う木材は移動中に回収した木を加工した物。大量に買い取ってもらった。

職人達は手を止めて、俺達を見ている。

綺麗な女性達が一緒だからかなぁ。

役所の中に入ると、すでに機能し始めているようで、感動する。

商人らしい人が、受け付けで何か交渉している。

軽く盗み聞きした感じ、この町で商売を始めたいようだ。

我々の姿に気付いた役人がやってきて、二階へ案内してくれる。

そして通されたのは、会議室のような部屋だった。

かつては何もなかったのに、今やしっかり整備された上に立派な机や椅子まで置かれているではないか。

そんな部屋の中には、すでにラコリナ子爵、彼と顔立ちの似た中年の男、少し派手な見た目の老齢の男が居た。

三人は俺達に気付くと立ち上がり、近づいてくる。

そして、中年の男、ラコリナ子爵、老齢の男の順で口を開く。

「ドロテア様、お久しぶりです！」

「マリアさん、一段とお綺麗になりましたね！」

「おお、本当じゃ！　ドロテア様も前にお会いしたときより美しくなられたが、マリアもすごいのぉ」

老齢の男性は最早、マリアさんの優勝杯に話しかけているような感じだな……。

「ドロテア様も、私が以前お会いしたときより更に美しく、神々《こうごう》しくなられましたな」

……中年の男は、ドロテアさんを舐め回すように見ている。

俺が内心少し呆れていると、そんな二人はアンナとジジに視線を移す。

「待て待て、美しいメイドがおるぞ！」

「本当ですね、父上！　そしてこちらにもまだ幼くも、将来が楽しみになる、可愛らしいメイドが！　幾らでも金を払う。私の——ブヘッ！」

中年の男がジジに近寄ってきたのを見て、俺は彼を殴り飛ばした。それを見ていた騎士達は……ピクリとも動かない。

もしかして良くあることなのか？

しかし、俺が倒れている中年の男の方へ歩いていき、アイテムボックスから剣を出すと、さすがに騎士達も剣に手をかける。

「こいつの命は幾らなんだ？」

中年の男の首に剣を当てると、兵士が剣を抜こうとする。

それを見て、慌てて老齢の男が止めに入る。

「ま、待ってくれ！　悪ふざけが過ぎたようじゃ。お前達も剣を抜くではないぞ！」

俺はもう一度、老齢の男を見ながら質問する。

「こいつの命は幾らなんだ？」

「待ってくれ！　儂はゴドウィン侯爵。そこの男は、嫡男《ちゃくなん》のエーメイじゃ」

「分かった。それで、こいつの命は幾らなんだ？」

更にもう一度、ゴドウィン侯爵を見ながら質問すると、ラコリナ子爵が青い顔で言う。

「父上、兄上！　今回はいつものお戯れはおやめ下さいと、あれほど言ったではないですか！」

「す、すまん。綺麗な女性を見て、忘れてしまった……」

ゴドウィン公爵はそう口にするが……何を勝手なことを言っている！

「おい、こいつの命は幾らなんだ！」

俺が尚もそう言うと、バルドーさんが割り込んでくる。

「テンマ様、ゴドウィン侯爵家の悪い癖です。今回だけはお許しください」

「バルドーさんは知らないかもしれませんが、ジジはこういったことで以前、辛い思いをしています。本気でなかったとはいえ、そんな配慮のない冗談を言う奴を、俺が許すと思いますか？」

「そうじゃ、絶対に許せないのじゃ！」

「まあ、殺すとまではいかずともアソコを切り落とすくらいはした方がいいですね！」

ドロテアさんとマリアさんも、激オコである。

ゴドウィン親子は、真っ青な顔で土下座してくる。

「テンマさん、許すことはありませんわ。私の可愛い妹弟子も侯爵に手籠《てご》めにされ……グスッ」

マリアさんや、メチャクチャ嘘臭い話し方だな。

「待て待て！　シンシアは無理やり襲ったわけではないぞ！　それに今は側室にして、責任も取った。可愛い娘までできておるのじゃ」

そう言い募るゴドウィン公爵を一瞥《いちべつ》し、マリアさんは大きく息を吐く。

「はぁ～、このことはシンシアお義母様達に報告しますからね。兄上も、お義姉《ねえ》さん達に報告しますから！」

「『待つのじゃ（待ってくれ）!!』」

ゴドウィン公爵と、ラコリナ子爵の兄は同じタイミングでそう叫ぶと、それぞれ呟く。

「そんなことになれば、本当に切り取られてしまう……」

「私は間違いなく、死ぬより辛い折檻《せっかん》を受けることに……」

おぉ、『死ぬより辛い折檻』ってなんだ!?

ただそんな二人を見ていると、真面目に怒るのが馬鹿らしくなってきた。

すると、ジジが俺の元に来て、囁く。

「今はテンマ様と過ごせていますから、気にしていませんよ」

ジジは、ほんまにええ娘やぁ～！

俺は剣を仕舞い、土下座するゴドウィン親子の前に立つ。

「分かりました。こういうのは、これっきりにしてくださいね」

第12話　合流と再会

ゴドウィン侯爵親子は正座した状態で、ネチネチとドロテアさんとマリアさんに叱られている。

侯爵には六十四人の奥さんと百二十一人の子供がおり、嫡男のエーメイさんにも十八人の奥さんと二十三人の子供がいるそうだ。

ラコリナ子爵はそんな父と兄を見て育ち、自分は絶対にそうはなるまいと決意。一人の妻と二人の息子と仲睦《なかむつ》まじく暮らしているらしい。

なんだか、ラコリナ子爵が貴族なのに、かなり常識的な理由が分かった気がする。


少しして、アルベルトさん一行が、役人の案内で部屋に入ってきた。

部屋に入ってきたのはアルベルト夫妻にアーリン、ラソーエ夫妻とその娘、そして嫡男のテランさん……と、なぜかザンベルトさんまでいる。

アルベルトさんは溜息を吐きながら、呟く。

「これでロンダ、ラソーエ、ゴドウィンと、テンマさんの訪問したすべての領主が、説教されて頭が上がらなくなってしまったというわけですか……」

「そうですなぁ、私や息子も一生テンマ様に逆らえませんから……」

待て！　待て！　待てぇーーーい！　今説教しているのは、俺じゃない！

「私はまだ説教されていませんが、父と兄があれでは……」

ラソーエェエエエ！

「どうですか。いっそのこと、テックス王国を作って、出世出来るよう、頑張ってみませんか？」

ラコリナァァァァ！

アルベルトォォォォ！

そうして三人は声を揃えて笑い出す。

「「「はははは」」」

笑い話じゃねぇぇぇぇぇ！！！

冗談でもそんなことを言わないで欲しい。

まるで自分が魔王ルートを進んでいるのではないかと、不安になるから！

「「本当に申し訳ない！」」

ようやく全員が会議室の席に着き、ゴドウィン侯爵親子が改めて謝罪してきた。

一緒に頭を下げているラコリナ子爵が、気の毒だ。

そう思っていると、ゴドウィン公爵親子は口論を始める。

「儂は女性を悲しませるつもりはなかったのじゃ！」

「私も父上と同じように、女性は大切に愛《め》でるべきだと思っただけです」

「待て待て、私は愛情を持って女性を口説《くど》いているが、お前は金を使おうとした。一緒にするでない！」

「父上、待って下さい！　お金を渡すのも愛情です！　お金があれば安心した生活が送れるのですから！」

「ははははは、お前はまだ若いのう。愛情があれば、金などなくとも――」

「父上！　兄上！」

ラコリナ子爵が強い口調で二人を窘めると、彼らは気まずそうにする。

「「すまん」」

やはりラコリナ子爵が誠実で真面目なのは、この二人を反面教師として育ったからだな。

それにしてもジジを怖がらせたことは許せないが、どうにも憎めない二人である。

「しかし、あまりの美しさに忘れておったが、マリアの石化が治って本当に良かったのう。グスッ」

「はい父上。それどころか、以前より美しくなっています！」

どうやら二人が、マリアさんを心配している気持ちは偽りではないらしい。

なんて思っていると――

「あのオッパイがこの世界から失われたら、損失じゃからな！」

「はい父上！　絶対に許されません！」

女性陣から軽蔑の眼差しを向けられる二人。

しかし男性陣の中には、頷いている人もいる。

うん、優勝杯は大切に保護すべきだ……って痛ッ！

無意識に頷いてしまっていたようで、ジジにつねられた。

「しかし、ゴドウィン侯爵もエーメイ殿も相変わらずですねぇ」

「おお、ロンダ准男爵も久しぶりじゃのぉ」

アルベルトさんの言葉に対しては、さすがにゴドウィン侯爵も普通に返している。

よかった、これでようやくちゃんと会話が出来る。

「父上！　ロンダ准男爵の奥方は、以前お会いしたときより美しくなっていませんか！」

おいおい！　エーメイ、節操なしだな！　人妻だぞ！

「確かに！　ソフィアさんじゃったな。髪や肌が輝いているし、スタイルも以前よりこう……出るところが出て、引っ込むところはきゅっとなったな！」

ゴドウィン侯爵家の挨拶って、セクハラすることなの？

だが、ソフィアさんは満更でもなさそう。

「お褒めいただき、ありがとうございます。テンマさんのおかげですわ」

ゴドウィン侯爵親子が同時に俺を見る。

「「頼む！」」

……何を？

ゴドウィン侯爵は続けて言う。

「妻も綺麗にしてくれ！」

ただのスケベ男かと思っていたけど、奥さんを思う気持ちはあるんだな。

そんなふうに感心していると、エーメイさんが震えながら口を開く。

「私も頼みます！　実は巷間《こうかん》『ロンダには美しくなる秘術がある』という噂が出回っています。我々は今回こちらに足を運ぶに際して、妻達に『それについて何か掴んで来ないと殺す』と言われているんです。そのような方法があると知って、情報を得ずに帰ったとなれば、妻に……」

「そうじゃ！　我々の命運もそれまでじゃ！」

違うんかーーーい！

奥さんのことを大切に思って、というわけではなく、恐怖から出た発言だったみたいだ。

すると、ソフィアさんが言う。

「侯爵様、テンマさんから教えていただいた髪や肌を綺麗にする商品や、エステという技術をこれから広めていきたいと考えています。ただ何せ資金や人手が……」

ソフィアさん、商人の顔になっていませんか？

彼女はロンダの改革《かいかく》において資金管理を担っていて、良くも悪くもしっかりしているのだ。

ゴドウィン侯爵は、前のめりになる。

「それなら儂が相談に乗ろう。だから、優先的に譲ってくれ！」

「今は王家に納める分しかないので、取り寄せが必要でして……」

「かまわん！　いくら金がかかってもよい！」

「分かりました。少し高くなると思いますが優先的に売らせていただきます。ただ……エステは今のところロンダでしか出来ないので……」

「金のことは気にするな、妻を怒らせるよりマシじゃ。しかし、エステは難しいのか……」

ゴドウィン侯爵が考え込んでいると、エーメイさんが口を挟む。

「父上、それなら妻達を交代でロンダに行かせましょう！」

「うむ、良い案じゃ！　ソフィア殿、それで頼む！」

しかし、ソフィアさんは申し訳なさそうな顔で答える。

「足を運んでいただけるのはありがたいのですが、すぐとなると難しいかと……侯爵家の奥様や家族を迎えるような屋敷を用意出来るか分からなくて……」

え〜と、俺が建てたのがあるんじゃないか？

なんて口を挟んだらソフィアさんに睨まれることが分かっているので、口を噤む。

「金は出すから、屋敷を建ててくれ！」

「でも、家を建てる職人が……」

「職人も送ろう！」

「では、それも含めて見積りを行いますので、少々お待ちくださいませ」

うわぁ……この短時間で資金に人手、後ろ盾まで手に入れちゃったよ。えげつない。

「父上、そこまでやれば、我々も安泰ですね！」

「これでしばらくは大丈夫じゃろう。それに妻が美しくなれば――」

「そうですなぁ。また子供が増えそうですねぇ」

「「はははは」」

まぁそんな調子でエーメイさんとゴドウィン侯爵は盛り上がっているし、いいか。

そのあとも二人がアーリンや、ラソーエ男爵の奥さんと娘を褒めて、この場はお開きになった。

俺に挨拶したいって話だったよね？　これって俺、必要だった？

複雑な思いを胸に、拠点に戻るのだった。

◇　◇　◇　◇

拠点へは、俺とドロテアさん、マリアさん、そしてアーリンだけが戻った。

ミーシャとピピが、アーリンとの久々の再会に大騒ぎしている。

すると、ミーシャが突然、不穏な発言をする。

「アーリンが訓練をサボっていなかったか、確認する！」

「ふ、二人が出発してからも、私は相当頑張りましたわ。驚くのはそちらになりましてよ！」

「ピピもかくにんする～！」

「私も自分の実力を確認させてもらいます！」

ミイまで参戦を申し出た。なぜか、敵意剥き出しだし。

アーリンは、それを鼻で笑う。

「どれほどの地獄を乗り越えてきたか知りませんが、そう簡単に負けませんわ！」

四人はそれから、拠点近くの訓練用スペースに向かって歩いていく。

その後ろを、バルガス達もついていくようだ。

マリアさんがドロテアさんに聞く。

「アーリンさんって魔術師だったわよね？」

「そうじゃのぉ、魔力量と魔力制御においては、驚くべきほどの才能を持っておるのじゃ！」

「で、でも、ピピちゃん達と魔術の特訓をしていたわけではないでしょう？」

「ふふふっ、まだ体が出来上がっていないから、体を先に鍛えたのじゃ。ミイは体を鍛えるのを嫌がっておったじゃろ？　同じ魔術師であるアーリンの戦いを見れば、その大切さに気付くじゃろ」

しばらくすると、ミイが呆然として戻ってきた。そしてマリアさんに泣きながら抱きつく。

「うわーん！　アーリンに、コテンパンにやられましたー！」

優しく諭すように、マリアさんは話す。

「魔術師が動けなければ足手まといになるのよ。あなたが自分の身を自分で守れる程度出来れば、パーティーは格段に強くなるわ」

「分かったわ！　年下のアーリンに負けないように頑張る！」

ミイは気合の入った目でそう宣言した。

「ちなみに、ピピちゃんは随分年下だけど、勝てたの？」

「ピピちゃんは次元が違います。自分と比べると、やる気がなくなります……」

ミイは遠い目をしている。

それは確かにそうだな……。ピピ、あの年齢にしては戦闘技術が高過ぎるもの。

遅れてミーシャとアーリン、ピピ、そしてバルガス達も戻ってきた。

なぜかバルガス達は、疲れた表情をしている。

「あれが貴族のお嬢様……」

タクトのそんな一言で、なんとなく理由が分かった。アーリンは貴族の娘にしては、強過ぎるのだ。ただ、そんなアーリンも呆然としている。

「以前までは頑張れば追いつけるかもって思っていたのに、ミーシャさんの背中すら見えなくなった……。ピピなんてもう、雲の上。……私は、魔術師として頑張ります！」

うんうん、それが良い。

王都に着いたら、魔術の扱いを向上させるための研修を始めよう！

◇　◇　◇　◇

少しして、バルドーさんが戻ってきた。

ソフィアさんや、ラソーエ男爵の奥さんと娘も後ろにいる。

「テンマ様、ゴドウィン侯爵から今晩、夕食をご一緒したいと、申し出がございました」

バルドーさんの言葉に対して、俺は溜息混じりに言う。

「どうせ一緒に行く女性が目当てなんでしょ？　俺は行かなぁ～い！」

ドロテアさんも頷く。

「そうじゃな。あ奴は女だけが目当てじゃ。今晩は女子だけで夕食を食べるのじゃ！」

はいはい、俺はシルと一緒にルームでご飯を食べますよ。

いじけていると、マリアさんが言う。

「バルガス。あなたとタクト、ジュビロは侯爵と夕飯を食べなさい！」

「いや、俺は――」

「そう、私のお願いが聞けないなら、あなたとはお別れですね！」

「喜んで行ってきます！」

なぜかバルガスを見ていると、自分の将来が不安になる……。

俺もこうやって、この世界の気が強い女性の尻に敷かれることになるのだろうか……。

「そういうことで、女子達はテンマを囲んで食事するのじゃ！」

えっ、それはそれで辛い！

タクトとジュビロが羨ましそうに俺を見ているけど、普通に嫌なんだが……。

愕然としていると、バルドーさんが耳打ちしてくる。

「食事の件はともかくとして。そろそろ移動を始めることもご検討ください。アルベルト様は数日ほどここで打ち合わせをされるそうですが、テンマ様はここで進めなければならない作業は特にないはずですし」

確かに、王都に向かって出発してもよい頃かぁ。

俺は頷く。

「みんな、聞いてくれ！」

大きな声でそう口にすると、みんな騒ぐのをやめて、耳を傾けてくれる。

「明後日には王都へ向けて移動を始めようと思う！　この拠点の管理はバルドーさんに任せます。ついでにアルベルトさん達と今後の計画を調整していただけると助かります」

「お任せ下さい」

「私と娘も、お供しますわ！」

「私達も！」

え～と、ソフィアさんとラソーエ夫人とその娘さんまで⁉

「私も、もう先生と離れません！」

アーリンもそう言って俺の腕にしがみつく。

俺は言う。

「アーリンはともかく。ソフィアさんもラソーエ夫人も、旦那さんの許可をもらって下さいよ？」

「「かしこまりました」」

だいぶ大所帯《おおじょたい》になるな……。

第13話　三人一金貨損

二日後。今日出発するというのに、いつもと同じようにみんなは訓練を続けている。

俺はロンダ家の馬車に、自分達の馬車と同じように重量軽減や振動軽減など複数の効果を付与しておく。


それから少しして、女性陣がようやく拠点から出てきた。

ようやく出発出来る……と思っていると、ゴドウィン侯爵親子が一緒に行くと騒ぎ始める。

しかしラコリナ子爵に叱られ、諦めたようだ。

俺とジジはいつものように御者台に、それ以外のメンバーはそれぞれ客車の中か上へ。

周囲を見回すと、アルベルトさんとザンベルトさんが、疲れた顔で見送ってくれているのが見える。なぜザンベルトさんが一緒に来たのかをバルドーさんに確認したら、ロンダとここの間を走らせる、馬車の定期便を設けようとしているらしく、その準備をしに来ているとのこと。

ちなみにバルドーさんも見送りに来ているが、ザムザさんだけでなく、彼が率いていた兵士もバルドーさんに寄り添っているように見える。

今晩からあの拠点が、どのように使われるのか不安に思いながらも、バルドーさんに笑顔で手を振る。

あ、あとはラソーエ男爵。彼は憑《つ》き物が落ちたように明るい表情で、ぶんぶんと手を振っている。

はてさて、今度こそのんびり王都を目指すぞ。

先頭をバルガス達の馬車が走り、その後ろに俺らの馬車。次にロンダ家、最後にラソーエ家の馬車が続く。最後尾には警護の兵士が、馬に乗って付いていくような形だ。

バルガス達の馬車が出発したのを見て、俺も馬車を走らせる。

◇　◇　◇　◇

夕方ごろには、ラコリナの町に着いた。

休憩所や道中では、何人もの商人とすれ違ったな。道が開通してから二日くらい経ったが、すでに利用者はそれなりにいるようで、情報が回る速さに驚かされた。

ともあれ、ラコリナの町では子爵の屋敷に泊めていただけることになった。

ラコリナ子爵の奥さんが出迎えてくれる。

「ようこそおいで下さいました。ゆっくりとお過ごしくださいい」

知的な貴族夫人といった感じだ。

その横には二人、少年が立っている。恐らく、息子だろう。

屋敷に通され、早速夕食をいただくことに。

その中で聞いた話によると、息子さんは長男がアーリンと同い年で、次男は八歳なのだそう。

それ以外にも色々な話をして、大層盛り上がった。

そして夕食後。リビングで全員が休んでいるので、俺は折角子供が多いので小話をしようと思い立つ。

今回話すのは、『三方一両損』をこの世界風に変えた『三人一金貨損』だ。


みんなの視線が集まる中、俺はそれらしい口調で語り始める。

「ロコリナの町に、心優しいジピ子という十四歳のウサギ獣人の少女が住んでいました。彼女は一生懸命働いていましたが、一日パンを一つ食べられれば良いくらいの貧しい暮らしをしていました。しかし、ジピ子はどんなに生活が苦しくても、亡くなった母親に『正直で人に優しくしなさい』と教えられています。それを守り、たまに食事が手に入っても、それを貧しい近所のお婆さんに半分分け与えるのです」

「ジピ子、可哀想だけど、やさしいのぉ～」

ピピはすっかり物語のヒロインに感情移入しているようだ。

俺は続ける。

「そんなある日、ジピ子は家への帰り道に革袋を拾いました。革袋の中を見てみると、なんと金貨が三枚も入っているではありませんか」

「神様の贈り物だぁ！」

ラコリナ子爵家の次男が、大きな声でそう叫んだ。

「ジピ子が革袋をよく確認すると、バカガスの名前が書かれていました。そして偶然にもジピ子はその名前の人物を知っていました。バカガスは、少し乱暴で頭が悪い冒険者です」

今度は、ラコリナ子爵の長男が口を開く。

「だったら、もらっても大丈夫だ！」

「ジピ子は母の教えを思い出します。正直で人に優しくしなさいと言われたことを……」

「そんなこと、思い出す必要はないのじゃ！」

おいおい、ドロテアさんまで参戦するのかよ！

「ジピ子は革袋を握りしめて冒険者ギルドに向かいます。そうして冒険者ギルドに入ったものの……中には怖い人達がたくさんいました。それでも勇気を振り絞ってバカガスを探すジピ子。幸いにも、バカガスはギルドにある酒場で仲間と酒を飲んでいました。ジピ子はバカガスに近づくと革袋をバカガスに差し出します。『道で拾いました。バカガスさん、あなたの革袋ですよね？』」

「あぁ〜、もったいない。黙ってもらえば良いのに！」

ラコリナ子爵家の長男は、本気で残念そうな顔をしている。

「バカガスはすぐにそれが自分の落とした革袋だと気付きました。しかし、ジピ子の服にいくつも穴が開いているのに気が付き、言います」

　全員が息を呑む。

「確かにそれは俺の革袋だ。だが落とした物は、拾った奴の物になる。つまりそれはもう、お前の物なわけだ！」

　バルガスが、子供のように喜びの声を上げる。

「そうだ！　冒険者は正義の味方だ！」

「バカガスは乱暴で馬鹿ではありましたが、義に厚い男だったのです。しかし、母の教えを守ろうと、ジピ子も革袋を受け取ろうとはしません。段々と騒ぎは大きくなり、周りの冒険者もどちらが受け取るべきか言い争い始める事態に。その様子を見ていたギルド職員のお姉さんが、ある提案をしました」

「「「どんな提案？」」」

　みんなが声を揃えて聞いてくる。

　なんで大人まで夢中になっているんだ……。

　俺は少しためてから、口を開く。

「それなら、ロコリナ代官に決めてもらいましょう！」

「「「おお!!」」」

「二人は渋々頷きました。そして、ギルド職員のお姉さんの先導でロコリナ代官の家に連れていかれます。話を聞いていた冒険者達もぞろぞろと付いてきて、それを見て興味を持った町の人達もあとに続き……ロコリナ代官の家に着く頃には、大所帯となってしまいました」

「ロコリナ代官も大変だぁ〜」

ラコリナ子爵家の長男が、同情するようにそう言う。

「彼はその行列に驚きながらも、ギルド職員の女性から事情を聞き、とりあえず全員で町の広場に移動するように指示しました」

「代官は逃げ出すつもりだな！」

バルガス……そんなわけないだろ。

「ロコリナ代官は広場に着くと、ジピ子とバカガスに前に出るよう言います。そして、もう一度意思を確認しました」

俺は、ラコリナ子爵の声を真似て話す。

「バカガス、この革袋はお前が落とした物だ。元々お前の物なわけだし、受け取ったらどうだ？」

今度はバルガスの声を真似る。

「一度落とした物は、拾った奴の物だ、俺は受け取らん！」

またラコリナ子爵の声に戻す。

「ジピ子、落し物は拾い主の物らしい。受け取ったらどうだ？」

次はジジの声に寄せて……。

「革袋に名前があり、持ち主がハッキリしているので、受け取れません。受け取ってしまえば、『正直で人に優しくしなさい』という母の教えに背《そむ》くことになります！」

「どちらもあっぱれじゃ！」

「バカガスは俺に似て正直者だ！」

「ロコリナ代官はどんな答えを出すのでしょうか……」

能天気に盛り上がるドロテアさんやバルガスと違って、ラコリナ夫人は、ロコリナ代官がどのような答えを出すのか、不安そうにしているな。

またしても少しためて、俺はラコリナ子爵の声を真似つつ言う。

「だったらこの革袋の持ち主はいないのだな。それならこれは、代官である私の物とする！」

「最悪だぁ！」

「この代官、私が殺してやるのじゃ！」

「酷い結論ですね！」

バルガス、ドロテアさん、ラコリナ夫人はそう怒りを露《あら》わにする。

「しずまれぇーーー！　まだ代官としてすべきことが残っている。しずまれぇーーー！」

俺はロコリナ代官を演じただけだったのに、話を聞いていたみんなも静かになってくれた。

まぁ、その方が話しやすくて助かる。

「ジピ子よ、お前は革袋を落とした人が困っていると考え、思いやりのある行動をした。その行為を称え、代官の私から褒美として金貨二枚を渡そう。感謝して受け取るのだ」

声音をジジに寄せる。

「えっ、あ、ありがとうございます」

ラコリナ子爵の声に戻す。

「バカガスよ、お前は自分の物だと言い張ることが出来たにもかかわらず、それをしなかった。その褒美として、代官の私から金貨二枚を渡す。感謝して受け取るのだ」

今度は、バルガスの声だ。

「お、おう、もらって、いや、ありがたく頂戴します」

で、ラコリナ子爵の声に戻して、と。

「これにて一件落着！　町の者も二人を見習い、正直に暮らすが良い！」

「すごい！　ロコリナ代官はお父さんみたいだぁ〜」

ラコリナ子爵家の次男が嬉しそうに母親にそう言った。

ラコリナ夫人も微笑み、息子の頭を撫でている。

「まさかこのような結末とは……予想外なのじゃ！」

「素晴らしい裁きでしたわ」

ドロテアさんとマリアさんも笑顔だ。

ピピは、ぴょんぴょん跳びはねている。

「ジピ子ちゃん、本当によかったぁ！」

……しかし、話はこれで終わりじゃない！

「その裁きを聞いたギルド職員の女性が、みんなに聞こえるように言う！」

まさかまだ話が続くとはみんな思っていなかったようで、みんな慌てて居住まいを正す。

「ロコリナ代官は金貨三枚を手に入れたけど、合計で金貨四枚褒美に出したから、金貨一枚分損したわ。で、ジピ子ちゃんは拾い主として金貨三枚もらえるところを、二枚しかもらえていない。バカガスも同じく金貨一枚の損。『三人一金貨損』……なんて素敵な裁きなのぉ！」

「なんと、そういうことであったのか。私には分からなかったのじゃ！」

ドロテアさんは、本気で感心したようにそう口にした。

ラコリナ子爵家の長男は目をキラキラさせて立ち上がると、宣言する。

「僕もこんな代官になりたい！」

うんうん、良い教訓になったようだね。

でも、これでもまだ終わりじゃない。

「この一件でバカガスの男気を感じた町の人は彼に会う度、声を掛けるようになった。それによりバカガスは乱暴を働かなくなり、真面目に冒険者として頑張り始める。やがてロコリナの町の冒険者ギルドのギルドマスターにまでなり、死ぬまで町のために働いたのです」

「うおぉぉぉぉぉ！」

バルガス、なんでお前が号泣しているんだよぉ！

ギョッとしつつも、俺は続ける。

「そして母の教えを大切に守ってきたジピ子は、今回の一件について話を聞いた町一番の商会に雇われます。そしてその商会の息子に見初《みそ》められ、幸せな家庭を築いたのでした」

「うおぉ、良かったのじゃ～」

「ほんとうによかったのぉ～」

ドロテアさんとピピだけでなく、女性陣が全員、涙を流している⁉

「更に『三人一金貨損』の噂は国王の耳に届きます。それを知った国王はロコリナ代官に、住んでいた町とその周辺の土地を領地として与えました。そして、ロコリナ代官は領主として生涯幸せに過ごしたのでした。ちゃんちゃん！」

話し終えると同時に、全員から拍手喝采《はくしゅかっさい》を受ける。

それが収まると、ラコリナ夫人が口を開く。

「このお話は『一見損しそうなことでも正しいことをすれば報《むく》われる。だから、目先の利益に囚《とら》われず、正しいことをすべき』という教訓でもあるのですね？」

おおぉ、話の核心をついてきたぁぁぁ！　非常に聡明なご夫人だ！

その後、ラコリナ夫人に頼まれたので、俺はこの話を紙に書いて彼女に渡した。

一年後に国中にこの話が広まるだなんて、知る由《よし》もなく。

第14話　王都に到着

翌日、屋敷を出発しようとすると、ラコリナ子爵の子供達がトコトコと歩いてきた。

「昨日は楽しい話をしてくれて、ありがとうございます！」

「ありがとうございます」

うん、やはり礼儀正しくて素直な子供だ。

俺は二人の頭を撫でながら、言う。

「あの話の代官のような、人に優しい大人になるんだぞ」

「「はい！」」

「間違ってもゴドウィン侯爵のようになったらダメだぞ！」

二人にもゴドウィン侯爵の血が流れているから心配だ。

そう思っていると、ラコリナ夫人がにやりと笑う。

「大丈夫ですわ。もしお爺様《お祖父ちゃん》の悪いところを真似るようでしたら、アソコをちょん切ってしまいますから」

おうふ、迫力がすごすぎて自分のアソコがヒヤリとしたぁ！

子供達も青い顔で股間を手で隠し、コクコクと頷いている。

まあラコリナ夫人が母親なら大丈夫だろう。

しかし、そう言うってことは、ラコリナ夫人もゴドウィン侯爵に何か恨みがあるのか？

とはいえ、それを追及する勇気はない。

俺は改めて挨拶してから、馬車を出す。

その日の夜は、ゴドウィン侯爵領内で最も王都に近い村で宿泊することになった。

旅は順調に進んでいるし、今のところ問題はない……と思っていた矢先、夕食を食べ終わった夕イミングで、ドロテアさんのわがままが炸裂する。

「テンマ、昨晩のような物語を聞きたいのじゃ！」

この人は何を言っているのかな？

子供向けに話したつもりなのに、ドロテアさんは相当気に入ったようだ。

「イヤです！　今日はゆっくりと体を休めるつもりです！」

「頼むのじゃ～、話してくれたら今晩は私とマリアで添い寝をするのじゃ～」

なんと！　優勝杯と一緒に眠れるだと⁉

いやいや、マリアさんの承諾もなしに勝手にそんなこと言っちゃダメだろ……。

「あら、別に添い寝ぐらいなら、いつでも言って下されば――」

「「ダメじゃ（だ）！」」

ドロテアさんとバルガスが、同時にマリアさんを制する。

バルガスはまだしも、ドロテアさんは自分が言い出したことなのに。

ともあれ、もう手遅れだ。すでに俺の頭の中に、妄想が広がり始めているからな。

「そ、そうなのかぁ～どんな話をしてあげようかなぁ～」

ジジやドロテアさん、アンナやバルガスから冷たく睨まれているような気がするが、意識が妄想の方に行っていて視界がぼんやりしているから、気付かなかったことにした。

◇　◇　◇　◇

「タンマと言う成人したばかりの少年はある日、道に迷ってしまいます。あちらへ行き、そちらへ行き……さ迷い歩いているうちに、なぜか森の中にいました。タンマはここがどこなのか確認するべく森を抜け――辺鄙な村にたどり着きました」

まだ話は始まったばかりだが、期待のこもった視線を感じる。

そう、今回は俺のこれまでの異世界生活を物語にして、話すことにしたのだ。

「でも自分が住んでいた場所とは、全然村の雰囲気が違う。タンマは内心焦りながらも、その村で話を聞いて回ります。そして、どうやら自分がまったく知らない国の辺境にいるのだと、そして二度と前に居た場所には戻れないのだと思い知ります」

「おぉ、タンマは気の毒なのじゃ～！」

ドロテアさんが同情してくれた。

俺は声を努めて明るくする。

「しかし、前向きなタンマは『それなら色々な町の、色々な人々や食べ物を知るために冒険者になろう』と決心を固めます。そして冒険者になるべく、その村で知り合った脳筋獣人の少女と一緒に町へ向かいました」

ミーシャはうんうん頷いているけど……もしかして自分のことを言われているって気付いていない？

「町で冒険者になったタンマは、自分の知識や能力が、少しだけ他の人と違うと気が付きます。心優しいタンマはその知識や能力をその町の人々に提供しようと考えました。しかし、その国の英雄としても有名な魔術師ドロケアはタンマの知識や能力を知り、彼を騙そうとします」

「なんじゃと！　許せないのじゃ！」

あんたのことだよ！　ドロテアさん！

「しかし、タンマは結局魔術師ドロケアの策略を見抜きました。そして会話をする中で『彼女は悪い人間ではないが、わがままで次々と問題を起こす厄介者なのだ』と気付きます。それでもタンマは広い心で彼女を許しました」

「タンマは本当に良い奴なのじゃ！」なんて言っている辺り、ここまで話が進んでもドロテアさんは無自覚らしい。

「しかし、ドロケアの暴走は止まりません。タンマに夜這いしようとしたり、彼の迷惑も考えずに次々と問題を起こしたりしたのです。そんなタンマは町で心優しい孤児の姉妹と仲良くなり、一緒に行動するようになりました。彼女達は、トラブルで疲れたタンマの癒しです」

「そうなのか、優しい姉妹と知り合えて良かったのじゃ！　ドロケアは絶対に許せないのじゃ！」

ドロテアさんは気付いていないようだけど、ジジは気が付いたようだ。

「タンマは町の有力者と知り合いになり、町の発展や開発に協力しました。そして、それが少し落ち着くと、他の町や王都を見たいと思い立ち、旅に出ることにします。それを知ったドロケアは、自分の仕事を他人に押し付けて、無理やりタンマの旅についていくのです」

「そんな奴は、無視した方が良いのじゃ！」

ジジは、そんなふうに自分をけなすドロテアさんを、おろおろとした様子で見ている。

「旅の最中も、ドロケアは行く先々で問題を起こします。その度にタンマは心を痛めますが、結局広い心で許しました。そんな中、ドロケアは最悪の事態を引き起こします。大魔法を使って森を破壊し、近隣の人に迷惑を掛けてしまったのです。タンマはその後始末に翻弄《ほんろう》されます」

「絶対に許せないのじゃ！」

うん、俺も同じ気持ちだよ……。

それより、まだジジしか気付いていないのが不思議だ。

「タンマが何度も注意しても、罰を与えても、ドロケアは改心することはありません。そのあと盗賊に襲われたときも、必要以上に騒ぎを大きくして、近くの代官や兵士にも迷惑をかけます。それでもタンマはドロケアに悪気がないので、許してしまうのです」

「許す必要はないのじゃ！　追放すれば良いのじゃ！」

ほほう、追放すれば良いのかぁ～。

おぉ、マリアさんが顎に手をやっている。

そろそろ気付く頃かな？

さて、みんなに分かる話をしよう。

「タンマ一行はある冒険者パーティーに、魔族と勘違いされて襲われてしまいます。しかし、相手を捕縛してみると、なんと、その冒険者のリーダーは昔ドロケアと一緒に行動したことのある人物でした。ドロケアは顔を隠していたので、リーダーがそのことに気付くのは不可能。ですが、ドロケアはそうではありません。相手のことをすぐに思い出せば戦闘にならなかったというのに、彼女は気付かず、結果として問題を大きくしてしまいます」

「許せん！　許せんのじゃ～！　なんでタンマはそのような愚か者を許すのじゃ！」

あれ、ドロテアさんはこれでも気付かないの？

マリアさんは間違いなく気付いているというのに。

バルガス達も、驚きのあまり固まっている。

「ある晩、タンマはドロケアに何か面白い話をしてくれと言われました。そこでタンマはドロケアがどれほど他人に迷惑を掛けてきたのか教えるために、タンマとドロケアのこれまでの歴史を物語として話したのです」

「それでどうなったのじゃ！　ドロケアは改心したのか？」

周りから呆れた表情で見られていても、この人は気付かないんだな。

「しかし、ドロケアは物語の中のその愚かな魔術師が、自分のことだと気付かないのです」

「なんと、それほどの愚か者なのか！　そんな馬鹿な魔術師がおるなど、信じられん！」

「俺はアンタが信じられんよ！」

おぉ、バルガスが言ったぁーーー！

「辛かったでしょうね！」

マリアさんが突然俺を抱きしめてきた。

ウプッ、優勝杯に顔がぁぁぁぁぁ！　抵抗出来るが、絶対にしたくない！　否、しない！

このまま優勝杯で窒息《ちっそく》してしまうのなら、本望《ほんもう》だ！

俺の作った部屋着が良い仕事をしている。

適度に優勝杯を支えながらも、柔らかさをしっかり堪能出来るのだ。

幸福に溺れていると、マリアさんが続けて言う。

「本当にドロテア姉さんは、悪気がないから余計に始末に負えないのよ！　私もずっと、ずっっっっっと大変な思いをしてきたのよ！」

「な、なんのことじゃ!?」

ドロテアさんはまだ気付いていないようだ。

しかし、そんなことは、どうでも良い！

マリアさんが声を発すると、振動が優勝杯を通して伝わってくる。

あぁ、幸せで意識が……。

「マリアさん！　テンマ様が死んじゃいます！」

遠くから、ジジが俺を心配する声が聞こえてくる。

ごめん！　幸せな気持ちのまま逝《い》かせて……。

◇　◇　◇　◇

目覚めると、目の前にシルのモフモフがあった。
俺はひとまず手を伸ばして、優しくシルモフする。
少しずつ意識が覚醒していく。すると、背中に心地よい弾力を感じる。
あぁ、そういえば優勝杯に包まれて、死にそうになる夢を見た気がする。
夢にしてはあの感触、リアルだったなぁ。
そして、背中に感じるこれは……？
優勝杯ほど圧倒的な質量ではないし、少し硬め。
これはこれで……って、なんでジジが抱き着いているんだ⁉
一気に目が覚める。
そんなタイミングでシルが起き、次いでジジも目を覚ます。
「昨日は心配かけてごめんな」
俺がそう口にすると、ジジはポカポカと俺の背中を叩きながら文句を言う。
「心配させないで下さい！　テンマ様が死んだら……バカァ！」
はい、可愛らしい『バカァ！』をいただきました。

それからジジを宥めて、宿の食堂に向かう。

マリアさんは俺を見つけると、慌てて立ち上がって近づいてくる。そして、頭を下げた。

「昨晩はすみませんでした。ミイは抵抗してくるので限界が分かるのですが、テンマさんはまったく抵抗しなかったから……つい……」

いや、あれに抵抗する男なんているのか？　なんて思いつつも、俺は微笑む。

「大丈夫ですから気にしないで」

さすがに、『またお願いします』とは言えなかった。

すると、マリアさんの後ろでニヤニヤと笑っているバルガスに気付く。

あいつが何度も同じ思いをしたとするなら、あまりにも羨まし過ぎる！

むかむかしつつもテーブルに着くと、ドロテアさんが深刻そうに俯いていることに気付く。

彼女は、顔を上げて謝罪してくる。

「テンマ……昨晩、客観的に自分の話を聞いたことで、自分がいかに非常識だったのか気付いたのじゃ。これからは気を付けるようにするつもりじゃ。本当に申し訳なかったのじゃ！」

おおぉ、まさかドロテアさんの本気の謝罪を聞けるとは！

これなら数日は大人しくしてくれるだろう。……数日は、ね。

まあ、ドロテアさんのおかげで優勝杯を堪能出来たから、すべてを許せる気になっているけど。

「はははは、そうですねぇ。これからは少し気を付けて下さい」

「分かったのじゃ！」

明日までドロテアさんが覚えているか、ちょっとだけ心配だが、もうそれは言うまい。

◇　◇　◇　◇

五日後の昼頃、王都の外壁が見えてきた。

ここ数日は、驚くほどドロテアさんが大人しかった。

今もソフィアさんに殊勝《しゅしょう》なことを話している。

「私達は貴族ではないのじゃ。貴族門は利用しないのじゃ」

「ですが伯母様なら問題なく貴族門を通れますよ。バルドーさんも合流しましたから、尚更問題ありませんよ」

「いいのじゃ。自分の権力や能力をひけらかす、愚か者になりたくないのじゃ……」

むしろ、暗くなり過ぎた？

ちなみにバルドーさんは、今日の昼に俺が迎えにいった。

艶々としたバルドーさんを見送りに来た、ラコリナ子爵の騎士団の数、そして彼らの様子には驚かされた。だって全員が、号泣しているのだ。

バルドーさん、もしかして騎士団全員に手を出したの……？

ザムザさんは、涙ながらにこう言った。

『中継地の拠点を聖地として崇めつつ、厳重に警備します！』

なんだ聖地って。あの拠点にはもう二度と寄るまい。

そんなわけで、ソフィアさんの言う通り貴族門を利用しても問題はないのだが、目立ちたくないしなぁ……。

「まあまあ、ドロテアさんの話は間違っていません。だから私達は普通に王都に入りましょう」

ソフィアさんを宥め、俺達と一緒に来るというアーリンを無理やりロンダ家の馬車に移動させてから、たくさんの人達が並ぶ列の最後尾に馬車を付ける。

それにしてもドロテアさんが落ち着いているのは助かるが、反動で爆発してしまわないか恐ろしい。

頼むから王都で暴走しないでくれよ！

無駄なお願いだと感じながらも、そう祈らずにはいられない。

それはともあれ、これから王都ではどんなことが待っているのだろうか。

俺は胸を膨らませつつ、順番が回ってくるのを心待ちにするのだった。

子育てしながら冒険者します
異世界ゆるり紀行
1~15
水無月静琉
Minazuki Shizuru
シリーズ累計
110万部（電子含む）突破!!
2024年待望のTVアニメ化!
1~15巻
好評発売中!
コミックス
1~8巻
好評発売中!
異世界ゆるり紀行 子育てしながら冒険します
水無月静琉
転生したら双子を保護しました。
子連れ冒険者の異世界のんびりファンタジー!
子連れ冒険者ののんびりファンタジー!
神様のミスで命を落とし、転生した茅野巧。様々なスキルを授かり異世界に送られると、そこは魔物が蠢く森の中だった。タクミはその森で双子と思しき幼い男女の子供を発見し、アレン、エレナと名づけて保護する。アレンとエレナの成長を見守りながらの、のんびり冒険者生活がスタートする!
異世界ゆるり紀行 子育てしながら冒険者します
水無月静琉
みずなともみ
1
転生したら、幼い双子を保護しました。
シリーズ累計15万部!!
◉各定価：1320円（10％税込）◉Illustration：やまかわ
◉漫画：みずなともみ B6判 ◉各定価：748円（10％税込）

月が導く異世界道中
Tsukiga Michibiku Isekai Dochu
あずみ圭
Azumi Kei
1~19
8.5
シリーズ累計360万部の超人気作!(電子含む)
TVアニメ第2期
2024年1月8日から 2クール 放送開始!
TOKYO MX・MBS・BS日テレほか
異世界へと召喚された平凡な高校生、深澄真。彼は女神に「顔が不細工」と罵られ、問答無用で最果ての荒野に飛ばされてしまう。人の温もりを求めて彷徨う真だが、仲間になった美女達は、元竜と元蜘蛛!? とことん不運、されどチートな真の異世界珍道中が始まった!
2期までに
原作シリーズもチェック!
薄幸系男子の成り上がりファンタジー、開幕!
●各定価:1320円(10%税込)
●illustration:マツモトミツアキ
1~19巻好評発売中!!
とことん不運、されどチート!!
漫画:木野コトラ
●各定価:748円(10%税込) ●B6判
コミックス1~13巻好評発売中!

デスゲームと化したVRMMO－RPG「THE NEW GATE」は、最強プレイヤー・シンの活躍により解放のときを迎えようとしていた。しかし、最後のモンスターを討った直後、シンは現実と化した500年後のゲーム世界へ飛ばされてしまう。デスゲームから"リアル異世界"へ――伝説の剣士となった青年が、再び戦場に舞い降りる!

漫画：三輪ヨシユキ
各定価：748円（10%税込）

各定価:1320円（10%税込）
1~22巻好評発売中!

illustration：魔界の住民（1~9巻）
KeG（10~11巻）
晩杯あきら（12巻~）

アルファポリスHPにて大好評連載中!

アルファポリス 漫画　検索

The Record by an Old Guy in the world of Virtual Reality Massively Multiplayer Online
とあるおっさんのVRMMO活動記
椎名ほわほわ
Shiina Howahowa
1〜29
アルファポリス第6回ファンタジー小説大賞読者賞受賞作!!
累計180万部突破の大人気作
(電子含む)
TVアニメも大好評!!
TOKYO MX・BS11ほか
コミックス1〜11巻好評発売中!
超自由度を誇る新型VRMMO「ワンモア・フリーライフ・オンライン」の世界にログインした、フツーのゲーム好き会社員・田中大地《たなかだいち》。モンスター退治に全力で挑むもよし、気ままに冒険するもよしのその世界で彼が選んだのは、使えないと評判のスキルを究める地味プレイだった!
——冴えないおっさん、VRMMOファンタジーで今日も我が道を行く!
1〜29巻 好評発売中!
各定価：1320円(10%税込)　illustration：ヤマーダ
漫　画：六堂秀哉　B6判
各定価：748円(10%税込)
アルファポリスHPにて大好評連載中
アルファポリス 漫画　検索

この作品に対する皆様のご意見・ご感想をお待ちしております。

おハガキ・お手紙は以下の宛先にお送りください。

【宛先】

〒150-6008 東京都渋谷区恵比寿4-20-3 恵比寿ｶﾞｰﾃﾞﾝﾌﾟﾚｲｽﾀﾜｰ 8F
（株）アルファポリス　書籍感想係

メールフォームでのご意見・ご感想は右のＱＲコードから、
あるいは以下のワードで検索をかけてください。

アルファポリス　書籍の感想　検索

ご感想はこちらから

本書はWebサイト「アルファポリス」（https://www.alphapolis.co.jp/）に投稿されたものを、改題、改稿、加筆のうえ、書籍化したものです。


転生前《てんせいまえ》のチュートリアルで異世界《いせかい》最強《さいきょう》になりました。5

～準備《じゅんび》し過《す》ぎて第二《だいに》の人生《じんせい》はイージーモードです！～

小川　悟（おがわ　さとる）

2023年 12月31日初版発行

編集－若山大朗・今井太一・宮田可南子
編集長－太田鉄平
発行者－梶本雄介
発行所－株式会社アルファポリス
〒150-6008 東京都渋谷区恵比寿4-20-3 恵比寿ｶﾞｰﾃﾞﾝﾌﾟﾚｲｽﾀﾜｰ8F
TEL 03-6277-1601（営業） 03-6277-1602（編集）
URL https://www.alphapolis.co.jp/
発売元－株式会社星雲社（共同出版社・流通責任出版社）
〒112-0005 東京都文京区水道1-3-30
TEL 03-3868-3275
装丁・本文イラスト－しあびす
装丁デザイン－AFTERGLOW
印刷－図書印刷株式会社

価格はカバーに表示されてあります。

落丁乱丁の場合はアルファポリスまでご連絡ください。

送料は小社負担でお取り替えします。


ISBN978-4-434-33114-5 C0093